Elle mord les Zombies !

Paul Toskiam

ELLE MORD LES ZOMBIES !

First edition. October 14, 2024.

ISBN: 979-8227274533

Written by Paul Toskiam.

Avertissement

Ce roman est une œuvre de fiction. Les noms, les personnages, les lieux et les événements décrits ne sont pas réels. Toute ressemblance avec des personnes, des lieux ou des événements réels qui existent ou ont existé est purement fortuite. Ce roman ne doit pas être utilisé comme source d'informations ou de conseils. L'auteur et l'éditeur de ce roman n'acceptent aucune responsabilité pour tout dommage causé par la lecture de ce roman.

Ce roman est destiné aux adultes ayant atteint l'âge légal de la majorité dans le pays d'achat, et contient des scènes qui peuvent être choquantes pour certains lecteurs.

Ce roman est protégé par les droits d'auteur. Toute reproduction, adaptation ou utilisation non autorisée est strictement interdite.

En embuscade

Palais Verspeccio, en périphérie de Pusiglia, il y a un mois

Dans l'obscurité, Jon fixe Lana avec une intensité brûlante, celle d'un homme prêt à défier les limites de son propre courage. "Demande-moi ce que tu veux," dit-il, la voix chargée d'un mélange périlleux de dévotion et de défi. L'expression de son visage est sculptée par une résolution implacable ; il est prêt à la suivre dans les flammes de l'enfer si c'est son souhait. Lana scrute les profondeurs tumultueuses de ses yeux clairs. La brise nocturne soulève la longue queue de cheval de Jon, révélant les cordes de son cou musclé, témoignant de sa transformation physique. Il n'est plus l'homme qu'elle a connu ; les épreuves l'ont forgé en une figure presque mythique, un guerrier primitif dont le corps, imposant et sculpté, murmure des avertissements silencieux aux audacieux qui oseraient le défier. "Si tu tentes quoi que ce soit, ce sera ta dernière fois", semblent dire tous les muscles secs et tendus de Jon.

Ils sont en face du palais Verspeccio, le quartier général de Miranda.

Telle une forteresse sortie d'un rêve ou d'un cauchemar, la structure imposante du palais s'élève dans un dualisme de couleurs ocre et blanche. Les flancs de cette masse architecturale sont ponctués de colonnades majestueuses qui semblent garder l'entrée comme des géants de pierre silencieux. Le portail, un monument en lui-même, défie l'entendement par ses dimensions gargantuesques et est couronné par un fronton triangulaire audacieux qui ose toucher le ciel presque à hauteur du toit.

L'édifice est paré de détails si finement travaillés qu'ils semblent défier l'existence même de la pierre. Des dorures exquises serpentent autour des encadrements, captant le moindre éclat de lumière pour jouer avec l'œil admiratif. Les balconnets, avec leurs torsades complexes et presque irréelles, projettent une illusion de légèreté ; on pourrait presque croire que ces ajouts de métal fin sont prêts à s'envoler comme une dentelle au prochain souffle du vent. Miranda a le goût du détail.

Malgré cette façade d'enchantement, le palais ne délaisse pas sa nature défensive. Une tourelle, semblable à un minaret de guerre, se dresse avec arrogance, percée de meurtrières étroites comme des yeux froids. Autour de l'édifice, un lac sinistre abrite des poutres aiguisées et des pieux menaçants, disposés avec une symétrie mortelle, pointant impitoyablement vers le ciel comme les défenses d'une bête préhistorique. Le pont-levis, soutenu par d'énormes chaînes capables de retenir un titan, contraste avec l'élégance aérienne du reste de la construction.

Dans les illuminations sporadiques des rares fenêtres, une lumière dorée tremble, peut-être celle de bougies, ajoutant un spectre de mystère et d'époque révolue à cette architecture qui, en dépit de sa splendeur, ne peut échapper à l'ombre menaçante qu'elle projette.

Ce soir, le défi est aussi grand que dangereux : détruire le laboratoire souterrain de la comtesse Miranda, l'architecte d'une corruption insondable qui ronge ce monde en ruine. Lana sent l'adrénaline et l'impatience se mêler dans ses veines alors qu'elle envisage la mission. "Jon," commence-t-elle, la voix rauque d'une part d'inquiétude, "es-tu conscient des risques ? Si nous échouons, si Miranda nous attrape..."

Il pose un doigt sur ses lèvres, coupant court à ses peurs. "Je le sais, Lana. Mais je suis prêt. Prêt à tout pour que justice soit faite. Pour nous. Pour tous ceux qu'elle a piétinés."

Dans leurs yeux se reflète l'acier et la flamme de leur engagement commun. Ils sont plus que des partenaires ; ils sont devenus des symboles de résistance pour ceux qui n'ont plus de voix pour crier contre l'injustice.

Serrant la main de Jon, Lana hoche la tête, une décision ferme ancrée dans son regard.

Dans le silence de la nuit bercée par un vent à ras du sol, ils s'avancent lentement vers l'entrée du palais de la comtesse. Chaque ombre projetée par la lune semble danser autour d'eux, comme pour les prévenir du péril imminent. Le vent susurre des secrets, et chaque craquement sous leurs pas semble annoncer un destin incertain.

Ce soir, ils ne sont pas seuls. Miranda, avec ses yeux calculateurs et son réseau d'espions, les guette sûrement depuis l'ombre. Elle sait qu'ils arrivent. Il n'y a pas d'effet de surprise. Et c'est ce qui terrorise Miranda. Comment deux fous peuvent-ils penser une seule seconde qu'ils ont une chance ?

Ce qu'a oublié Miranda c'est ce qu'est en train de faire Lana : mordre tous les zombies qui traînent aux alentours du palais. Mordre est sa façon, très personnelle, de rallier des inconnus à sa cause. Quelques minutes suffisent. Comme Jon, les zombies ramenés à la vie montrent une dévotion sans bornes pour leur nouvelle "mère" : Lana.

Délicatement, avec une infime tendresse, Jon éponge une persistante trace de sang écarlate sur la pâle joue de Lana. Courageusement, elle vient de mordre près de deux cents zombies, qui avaient coutume de marauder aux abords du palais. Ces monstres errants, attirés par la vie et la lumière, finissent souvent leur macabre pérégrination, le corps transpercé sur des pieux acérés ou déchiquetés dans les rouages cruels du pont-levis.

Leurs dépouilles mutilées se balancent au vent, pendues tels des lambeaux de chair desséchée qui se tortillent dans l'air vif et constant de cet endroit improbable hors de la ville.

Dans l'ombre épaisse des hautes herbes, des bosquets et des taillis, une nouvelle armée de fidèles, fraîchement recrutés parmi les morts, se tient prête dans l'attente fiévreuse d'un ordre. Silencieuse, implacable, cette horde sauvage se prépare pour un nouveau carnage, prête à fondre sur l'ennemi avec une vengeance glaciale et implacable. Lana et Jon, liés par le sang et l'amour, regardent le palais, une dernière fois avant l'assaut.

ELLE MORD LES ZOMBIES !

"Où est-elle ?", lâche Lana avec une tension dans sa voix, tandis que Jon, concentré, balaye du regard l'immense palais avec son scanner high-tech qui envoie des bips très espacés.

"Rien. Je ne vois rien", murmure Jon, sa frustration transpirant dans chaque syllabe.

"Merde. On doit la trouver avant tout assaut", réplique Lana avec une pointe d'exaspération, déçue de l'efficacité toute relative de ces gadgets coûteux. Ils ne les ont certes pas payés, mais "empruntés" et ne les rendait pas moins décevants dans ce moment critique.

Soudain, la voix de Jon jaillit, tranchant le silence nocturne, "Ça y est, je l'ai !", s'exclame-t-il avec une excitation mal maîtrisée. Il brandit l'écran du scanner vers Lana, un sourire victorieux illuminant son visage.

"C'est un zombie... Jon, tu as un zombie sur ton scanner. Regarde mieux, celui qui vient droit sur nous, là...", lui montre Lana avec un éclat d'un rire nerveux, saisissant les jumelles avec une expertise froide pour scruter les fenêtres du bâtiment à la recherche de la silhouette fine et élancée de Miranda, leur cible.

Sans un mot de plus, Jon sort son pistolet, aussi long que son avant-bras, et d'un mouvement fluide et précis, aligne sa mire avec la tête du zombie s'approchant. Un coup sec, net, en pleine tête, et la créature s'effondre au sol dans un bruit sourd. Un des rares que Lana n'ai pas traité dans le secteur.

"Cible verrouillée !", annonce Jon avec un calme très professionnel, pendant que le vent rabat sa queue de cheval sur le devant, lui zébrant le visage. Lana éclate de rire en prenant le scanner pour vérifier la trouvaille de la nuit.

"Qu'est-ce qu'elle fout dans la tour ?", s'interroge Lana en cherchant un visuel avec les jumelles.

Jon renvoie sa couette dans son dos et lance un regard inquisiteur autour de lui, ses yeux s'accrochent finalement à la silhouette éloignée.

"Tu crois qu'elle nous regarde ?", murmure-t-il, une pointe d'incertitude perçant sa voix.

"Et comment !", réplique Lana avec un sourire qui se veut décontracté, tout en désignant du doigt la silhouette distante. "Elle a les yeux braqués sur nous depuis un moment avec cet énorme objectif", constate Lana avec une lueur presque sauvage dans ses yeux, révélant un mélange de défi et d'exaltation. Jon, sentant monter l'adrénaline, redresse fièrement son torse et déclare avec un ton de défi triomphant : "Peu importe, on va quand même la passer à l'acide !", se gausse-t-il, son rire brisant le silence pesant qui commençait à envelopper les lieux.

"Jon..."

"Quoi ?"

"Si la mort me prend ce soir, promets-moi de finir le boulot. Je ne veux pas que cette pute survive. Elle a fait trop de mal", murmure Lana, ses yeux s'alourdissant d'un voile sombre, presque prophétique.

"Arrête", rétorque Jon avec un mélange de déni et d'ardeur. "Tais-toi ! Si tu meurs, je te ranime. Voilà. C'est aussi simple que ça", répond-il avec une voix énergique, un mélange de défi et de certitude, révélant son inébranlable foi en leur dessein.

"Ce n'est pas aussi simple, Jon. Tu ne pourras pas me ramener. S'il te plaît, promets-le-moi", le supplie Lana, ses mots imprégnés de désespoir et d'une urgence palpable.

Jon se sent chanceler, une fissure s'ouvre dans son armure de certitudes. Lana, par sa demande inattendue, plante en lui le doute tel une lame affûtée.

"Où serait la victoire s'il n'y avait pas de risque ?", insiste-t-elle, comme pour défier le destin. Ses mains saisissent les poings serrés de Jon avec force en quête d'une promesse scellée. "Promets-moi", continue-elle, croisant le regard fuyant de Jon pour le ramener sur elle.

Jon reste silencieux, absorbant le poids de l'instant. Il baisse la tête, son regard se perd un instant sur le sol poussiéreux avant de lever les yeux vers le palais sinistre qui les attend, telle une bête prête à dévorer tout espoir.

Il se perd un moment dans le regard de Lana, où les larmes menacent de jaillir, illuminant ses yeux d'une lueur presque surnaturelle, exacerbant la solennité du moment.

"Je te le promets, Lana", dit-il. Sa voix, ferme, résonne avec une intensité nouvelle, chargée d'un mélange d'énergie et de fatalité. Il enlace alors Lana, la serrant contre lui avec une force protectrice, comme s'il pouvait par ce seul geste la garder en sécurité à jamais.

PAUL TOSKIAM

La bascule

Agence de publicité Lucian & Tungstan, aujourd'hui

La première manifestation est insidieuse, presque anodine : une urgence soudaine de mordre. Les victimes, confrontées à cette pulsion dévorante, tentent vainement de l'apprivoiser. Elles mordillent d'abord un crayon, une cuillère, un morceau de bois — tout ce qui peut leur permettre de résister, de contourner ce désir croissant. Durant les dix premiers jours, cette envie n'est pas trop handicapante. Mais, imperceptiblement, la pulsion s'intensifie, s'empare de leur être tout entier.

Une métamorphose s'opère alors. En l'espace de quelques minutes, le sujet bascule. De tentatives rationnelles pour se maîtriser, il glisse vers une capitulation totale, une soumission absolue à ce qui ne peut être qualifié autrement que comme une force intérieure tyrannique. Le processus, bien que rapide en général — une transformation de quelques minutes — peut aussi s'étaler sur des semaines sans une intervention médicale adaptée.

Désormais, le sujet n'est plus maître de ses pensées, qui se brouillent, s'évanouissent dans un brouillard dense. Sa conscience vacille, sa volonté est usurpée, ses gestes deviennent erratiques, incontrôlables. Sur le plan physique, son apparence se dégrade, ses tissus altérés progressent inexorablement vers la décomposition.

Durant ce temps, les soins disponibles, uniquement palliatifs, offrent un soulagement mitigé, et les effets secondaires sont souvent lourds et redoutés par les familles des victimes. Même si leur communication tente de faire bonne figure, les autorités, dépassées et impuissantes à préserver les infrastructures essentielles, sollicitent jusqu'à l'épuisement les forces de l'ordre pour contrer des scènes de pillage, de jour comme de nuit. La perspective d'un remède curatif s'évapore, emportée par la dégradation continuelle du tissu économique. L'énergie et les matières premières se raréfient. Les jours sans coupures, sans pénuries ou les rayons sont pleins deviennent une rareté.

La vie s'organise en petits îlots de sécurité, souvent communautaires, où ceux épargnés s'efforcent d'échapper à ceux qui ont succombé. Ces zones de refuge, pourtant, se révèlent précaires, peinant à tenir face aux assauts répétés des hordes des derniers jours. Pourtant tout ne semble pas perdu pour tout le monde. Par exemple, les prédicateurs de la fin des temps et autres vendeurs d'herbes magiques fleurissent à chaque coin de rue. D'autres profitent de l'instabilité des systèmes informatiques pour donner au banditisme numérique une efficacité inédite, sachant que le système pénitentiaire est lui aussi, sans doute à quelques encablures de mordre... la poussière.

C'est dans ce quotidien pesant que Lana arrive au bout de ses forces, elle qui se croyait intouchable. Vous la voyez ? Elle est assise devant son ordinateur, les doigts tapotant sur le clavier avec une fausse concentration. En réalité, elle fait semblant de travailler depuis une heure, les yeux fixés sur l'écran rempli de tableaux et d'onglets. Elle a refait trois fois ses calculs et elle obtient trois résultats différents avec les mêmes données. Pas de doute, son esprit divague, tout comme le curseur qui bouge de manière aléatoire, sous les petites pichenettes qu'elle inflige à la souris. Elle s'efforce de paraître occupée et concentrée, mais en réalité, elle est plongée dans ses pensées, loin du travail qui l'attend.

Elle sait qu'elle est en train de rater une opportunité cruciale pour l'agence de publicité dans laquelle elle travaille, Lucian & Tungstan, L&T pour les intimes. Le dossier Monfortville, le plus gros fabricant de muselières de sûreté, est un enjeu vital pour l'entreprise. Plusieurs millions sont en jeu. Pourtant, sans raison particulière, elle se sent incapable de se coincentrer sur cette tâche. D'habitude, elle surfe sur ce genre de dossier, elle vole. Mais aujourd'hui, la pression est trop grande, et elle s'enlise chaque seconde un peu plus dans les bras de ses nouveaux amis insolites : le doute et la procrastination.

Un message de Robert, le patron de l'agence, s'affiche à l'écran, accompagné d'un petit bip. Elle lève les yeux.

"Lana, tu auras terminé le dossier Monfortville pour ce soir ? Merci."

Elle se met à transpirer abondamment. Ce simple mot "Merci" arrive comme un poignard planté dans son cœur. Ce simple "Merci" après une question anodine résonne comme un "Putain, tu vas te magner espèce de petite merde ?", ou quelque chose du genre. Elle sait qu'elle devrait dire la vérité - qu'elle est complètement perdue en orbite et qu'on ne la dérange pas avant deux siècles - mais la peur de décevoir l'agence et son patron la pousse à mentir.

"Oui, bien sûr. Je vous l'envoie à la fin de l'après-midi comme promis."

Elle se sent mal à l'aise, mais elle ne peut s'empêcher de mentir. Le système veut qu'elle mente, pour se sentir merdeuse. Robert lui donne la charge de travail de trois personnes, en guettant le moment où elle va péter un plomb. Elle se promet de se mettre au travail dès que possible, mais la peur de l'échec la paralyse.

Elle se sent coincée dans un cercle vicieux qu'elle ne sait pas comment briser. Son regard se perd à nouveau dans les méandres de son écran - elle compte les pixels comme elle dit souvent - tandis que le temps file sans qu'elle ne parvienne à se mettre au travail.

Elle sait, oh oui, elle sait avec une certitude indéfectible qu'aucune faute ne pèse sur ses épaules. Elle a désiré cet instant, convoité cette réalité avec un appétit insatiable. Tout, elle a tout orchestré pour s'y rendre : des amis comptés sur les doigts d'une main, une vie de famille réduite à l'existence solitaire d'un chat et au murmure apaisant de ses plantes détoxifiantes, des boissons d'alchimiste concoctées pour contrecarrer les marques du temps, des pas délicats foulant le sols de ses chaussures écologiques. Sans oublier ces collègues, balayés avec une précision chirurgicale pour éclaircir son ascension, ni ces soirées habilement organisées pour modeler Robert, comme un sculpteur façonnant son œuvre. Elle avait scrupuleusement coché chaque case, comme pour respecter à la lettre le scénario imposé de cette femme puissante, celle qui déploie un arsenal sans faille pour atteindre son but, jusqu'à devenir associée de l'agence. Et pourtant, la voici, contemplant sa souris d'ordinateur qui, dans un élan soudain, semble avoir décidé de lui échapper, glissant vers le bord du bureau comme attirée par le vide, prête à plonger dans un néant libérateur.

Tant pis. Aujourd'hui est le jour où Lana pète les plombs. Pour certains, ce jour n'arrive jamais. Pour d'autres, c'est une forme de réveil qui change le reste de la vie. Pour Lana, ce jour ressemblait fort à la fin d'un cycle.

ELLE MORD LES ZOMBIES !

13

Sans dire un mot

Agence de publicité Lucian & Tungstan

Robert Tungstan a un mauvais pressentiment. Il émerge de son bureau tel un titan perturbé, marquant de son passage à grand pas les dalles du couloir qui convergent vers un point précis : le bureau de Lana Melville, sa directrice financière et bras droit dans l'entreprise. Elle semble avoir disparu dans la nature, n'ayant accordé aucune réponse aux trois messages urgents qu'il lui a laissés, ni même daigné répondre à ses appels au cours des dix dernières minutes. Vexé, frustré et inquiet, Robert lâche le morceau de bois qu'il rongeait assidûment et hurle sur place, ne parvenant plus à contenir son irritation plus longtemps.

"MAIS OÙ EST CETTE CONNE ?", explose-t-il en s'arrêtant net devant le bureau abandonné de Lana, le souffle saccadé par la rage qui l'empêche d'adopter sa contenance habituelle.

Dans l'ombre sinueuse du couloir, enveloppée par la pénombre et le silence, Melody, l'assistante dévouée de Robert, se retrouve captive, une spectatrice involontaire, le cœur battant d'anxiété devant ce déchaînement humain. Elle, qui le connaît dans les moindres détails, des caprices qu'il dissimule en public à ses rares éclats de tranquillité, assiste aujourd'hui à une métamorphose alarmante. L'air vibre autour d'elle sous le poids de la colère ; Robert, d'ordinaire si posé, est devenu méconnaissable - une tempête de frustration et de fureur. Il se meut comme un orage violent, loin de l'homme compréhensif et mesuré qu'elle a quotidiennement à ses côtés. Le couloir résonne de ses pas lourds, et chaque écho semble frapper directement le cœur de Melody, rendant ce moment d'autant plus palpable et terrifiant.

"Elle est partie. Elle avait une urgence...", réussit-elle à articuler, hésitante, cherchant à calmer la tempête qui s'abat devant elle.

ELLE MORD LES ZOMBIES !

"UNE URGENCE ?", se retourne Robert avec une intensité brûlante dans le regard, scrutant Melody qui, par instinct, lève les bras en une vaine tentative de protection contre l'orage d'émotions.

"Oui", répond-elle doucement, un léger sourire aux lèvres, essayant de rappeler à l'ordre l'homme en furie devant elle.

Sur ces mots, Robert commence une inspection frénétique du bureau de Lana. Papiers éparpillés, tiroirs ouverts dans une recherche désordonnée, comme s'il espérait qu'en fouillant suffisamment, il pourrait faire réapparaître Lana ou du moins, trouver une explication à son énigmatique disparition.

"Elle a dit si elle revenait ?", interroge-t-il, tandis que ses yeux tombent sur une anomalie : le coin du bureau semble avoir été mordu, arraché même, dans un geste de pure ire ou de désespoir.

"Non. Elle a juste dit qu'elle avait une urgence", répète Melody, ajoutant avoir vainement tenté de la contacter par tous les moyens à sa disposition.

Devant cette énigme du coin mordu, Robert suspend son inspection et se tourne vers Melody, un indice tangible de l'état de Lana avant son départ.

"C'est quoi ça ?", interroge-t-il, le doigt accusateur pointé vers le coin abimé.

Melody, ne sachant comment naviguer dans cette conversation absurde mais nécessaire, avoue timidement : "Lana était en train de mordre son bureau quand je suis arrivée... Je passais juste à côté, et elle..."

Robert, face à cette révélation, laisse son regard se perdre au plafond, comme si les réponses aux questions qui le hantent étaient écrites dans les fissures invisibles qui le surplombent.

"Quelque chose ne va pas, monsieur ?", demande Melody avec une prudence teintée d'inquiétude, son instinct lui criant que la situation dépasse largement le cadre d'une simple absence.

Sans répondre directement à sa question, Robert, avec une décision brusque teintée d'une gravité imprévue, commande : "Préparez ma voiture, Melody."

Mais elle, prise entre son devoir envers son employeur et ses responsabilités personnelles, tente de plaider sa cause : "C'est que je dois rentrer plus tôt ce soir, monsieur. Je..."

"Débrouillez-vous. Ou vous irez compter les zombies dès ce soir !", coupe Robert d'une voix qui ne souffre aucune objection, retournant vers son propre bureau avec la détermination d'un général partant au front, laissant dans son sillage les murmures et regards interrogateurs de ses collaborateurs.

Melody, résignée mais énergique, compose un sourire apaisant à ses collègues inquiets, leur répondant par ce seul sourire alors qu'elle suit le sillage imposant de Robert, veillant à garder une prudente distance de sécurité. La prudence est parfois gage de survie.

ELLE MORD LES ZOMBIES !

Taxi !

Taxi dans l'avenue

"Où allez-vous ?"

Lana n'est pas d'humeur à parler. Elle agite la main pour faire comprendre au chauffeur de commencer à rouler.

"Ah, je vois", dit le conducteur du taxi avec une moue de celui qui à l'habitude des passagers lunatiques. "Il me faut une adresse de destination madame", ajoute-t-il en montrant le système de navigation du tableau de bord. "Je ne peux pas démarrer sinon", insiste-t-il, d'un ton ferme.

Lana lève lentement les yeux vers lui, sentant une émotion inhabituelle prendre racine au creux de son être. Étrangement, contre toute attente et malgré ses principes, une envie irrépressible de le frapper la submerge. C'est une impulsion brute et inexplicable, presque animale, qui s'empare d'elle sans crier gare. Pourquoi cette violente envie surgit-elle dans son esprit normalement si paisible ? Elle ne saurait le dire. Après tout, la violence lui est étrangère, une ombre dans l'univers qu'elle s'efforce de repousser à chaque instant de sa vie. Le monde autour d'elle tourne déjà suffisamment à la dérive, englouti dans ses propres tourments pour qu'elle y ajoute le poids de ses coups.

Pourtant, même bercée par cette tempête intérieure, Lana sait bien que ses pensées ne franchiront jamais le cap de l'action. Face à elle, cet homme qui ressemble davantage à une montagne de muscles qu'à un simple mortel, semble appartenir à un autre monde. Il est là, imposant, avec ses épaules larges à faire pâlir une armoire, sa tête qui frôle presque le plafond de la voiture, donnant l'impression qu'elle pourrait se perdre dans les interstices de son être si elle osait s'approcher trop près. Ses mains, vastes et puissantes, semblent capables de broyer le volant d'une simple pression, un spectacle à la fois effrayant et fascinant.

Lana se dit qu'il aurait pu trouver sa place parmi les géants des arènes de sport, là où la force brute est reine et où son adversaire aurait été une force égale à la sienne, et non pas elle, une simple passagère perdue dans le flot de ses pensées violentes. Il aurait sans doute brillé sous les projecteurs, glanant succès après succès, loin de ce siège conducteur qu'il occupe aujourd'hui.

"Madame, je suis désolé d'insister. Il y a de la circulation", s'impatiente le chauffeur du taxi. "Et je ne peux pas rester longtemps au même endroit... à cause des hordes". Il montre l'avenue qui commence à se remplir de trafic en cette fin d'après-midi. "Je ne peux pas rester stationné ici. Avez-vous une adresse de destination ?", reprend le conducteur, toujours avec ce phrasé conventionnel très maîtrisé.

Sans un mot, Lana fouille dans son sac, sort son portefeuille et coupe la sonnerie de son téléphone qui retentit. Elle tend une demi-douzaine de billets comme si elle venait de trouver un butin. Le chauffeur la regarde dans le rétroviseur intérieur. Lana plaque les billets contre la cloison en plexiglas qui sépare l'avant et l'arrière de la voiture. Elle les agite contre le plexiglas et elle voit les yeux du chauffeur qui suivent les billets comme un chat qui traque une souris.

"Je ne peux pas accepter, madame", décline le chauffeur, l'air agacé, regrettant déjà d'avoir accepté de prendre une cliente à la main levée en pleine rue.

Lana vide son portefeuille sur la banquette arrière et tend cette fois une petite liasse de billets. Elle les plaque à nouveau contre le plexiglas.

"J'en ai marre", grogne le chauffeur du taxi à voix basse, comme s'il se parlait à lui-même. Sa voix est masquée par des klaxons et le téléphone de Lana qui sonne à nouveau. Il démarre la voiture pour rejoindre la file principale de la circulation. "Et si vous pouviez arrêter de mordre la poignée de la portière, ça m'arrangerait", termine-t-il, presque blasé, se préparant à donner l'alerte à son central, en cachette.

Des clients excentriques qui se croient dans un film, il en croise souvent. Et il sait que ça peut mal se terminer. Il ne prend donc plus aucun risque.

Lana se contorsionne, elle semble chercher un équilibre fragile entre la soumission et la résistance. Ses dents se referment sur la poignée avec un désespoir qui témoigne de la force incontrôlable de son impulsion. Le goût du plastique fade envahit sa bouche mais cela lui importe peu. Il y a en elle une nécessité, une urgence qui dépasse l'entendement, celle de mordre, de ressentir, de se connecter à l'objet de son obsession d'une manière purement physique. C'est un appel du corps qui surpasse la raison, qui ignore les dictats du goût et de la dignité. Et ce n'est là que le début de son combat.

Ses jambes, elles aussi, semblent animer d'une vie propre. Lana les bat avec une énergie fébrile, comme pour se propulser hors de la réalité qui la contraint, pour s'échapper d'un monde où ses désirs ardents se heurtent à l'incompréhension et au jugement. Elle s'agite avec la grâce désespérée d'une nageuse en pleine mer, cherchant à échapper à la noyade. Ses jambes, tendues et élancées, remontant sa jupe sans qu'elle en ait conscience, ou peut-être sans qu'elle s'en soucie, transgressant sans le vouloir les normes imposées par la société sur ce qui est convenable ou non. Bref, le chauffeur voit sa culotte blanche et lève les sourcils dans un mélange de surprise et de satisfaction. Mais pour Lana, les notions de bienséance se dissolvent dans l'urgence de ses mouvements, dans ce besoin viscéral de lutter, de se débattre contre les liens invisibles qui la retiennent.

Le monde autour d'elle devient flou, ses yeux ne voient que la poignée à laquelle elle s'accroche, tout le reste perd de son importance. Elle est absorbée, consumée par cette lutte intime, par cet acte de rébellion contre une réalité qui l'étrangle avec ses attentes et ses préjugés. Lana, dans cet instant suspendu, devient le symbole vibrant d'une quête de liberté, d'une lutte pour l'authenticité de son être.

Chaque muscle de son corps, chaque fibre de son être est engagé dans cette bataille; une danse chaotique avec soi-même où le seul but est de se sentir pleinement vivante, délivrée des chaînes de la normalité. Au fond, c'est un appel à être entendue, comprise, dans la pleine expression de sa singularité. Lana ne cherche pas à être définie ou jugée, elle aspire simplement à être. À travers la morsure, la lutte, elle crie silencieusement sa vérité au monde.

"Ce n'est pas bien ce que vous faites, madame", commente le chauffeur du taxi en suivant d'un œil désabusé les exploits de sa passagère. Ses doigts tapotent le volant, pour exprimer sa perplexité face à cette situation singulière et son impatience dans cette circulation qui n'avance pas.

Lana, enveloppée par ce soleil de fin d'après-midi qui pénètre à travers les fenêtres de sa voiture, se trouve en proie à une lutte interne qui se manifeste physiquement. Elle émet de faibles gémissements, accompagnés de petits grognements étouffés, évoquant l'image d'une lutte féroce pour libérer quelque chose d'inatteignable, comme une crotte capricieuse refusant obstinément de quitter son corps. Ce combat intime semble l'épuiser, chaque son émanant de ses lèvres traduisant un effort désespéré.

Soudain, un spasme violent la traverse, secouant tout son être d'une force implacable. Cet éclair de tension la frappe sans avertissement, la laissant presque sans souffle. Puis, de nouveau, son corps est pris d'un sursaut, repartant dans un va-et-vient incontrôlable, comme si elle naviguait sur un océan turbulent où chaque vague la surprend et la submerge. Ces spasmes, semblables à des vagues déchaînées, se succèdent en un rythme irrégulier, imprévisible, chaque nouvel assaut marquant profondément son corps de son empreinte.

Le feu rouge semble durer une éternité. Soudain, le silence oppressant est rompu par un bruit sourd, un mélange de grognements gutturaux et de pas traînants qui se rapproche.

Les premiers visages apparaissent dans le rétroviseur, déformés par la mort et la décomposition. Leurs yeux blancs, ternis par la cataracte, ne reflètent que la faim insatiable des morts-vivants. Leurs peaux, d'un gris verdâtre, pendent en lambeaux, révélant des os noircis et des muscles à l'air libre. Lorsqu'ils atteignent le taxi, ils commencent à frapper les vitres avec une force surhumaine, le bruit un sinistre tambourinement qui résonne dans les oreilles de Lana.

Le taxi, comme les autres voitures, est pris d'assaut, se met à osciller dangereusement, comme un navire en pleine tempête. Lana sent son cœur battre à tout rompre, et chaque coup résonne en écho avec ses palpitations. "Faites quelque chose !", hurle-t-elle, la panique striant sa voix d'une note aiguë.

Le chauffeur ne s'emporte pas et affiche un calme déconcertant. "Ne vous en faites pas, madame," dit-il avec un demi-sourire, ses mains toujours posées avec nonchalance sur le volant. Il appuie sur un bouton caché sous une plaquette de faux bois. Soudain, un crépitement électrique se fait entendre et une lueur bleutée ensorcèle la carrosserie du véhicule.

Les zombies qui tentent de s'agripper à la voiture sont instantanément secoués par des convulsions, leurs corps se tordant dans des angles impossibles. Des cris gutturaux et terrifiants s'élèvent au-dessus du bourdonnement de l'arc électrique. La puanteur de chair brûlée pénètre dans l'habitacle, un mélange fétide de cuisson de viande gâtée et de cheveux brûlés, poussent Lana à porter sa main à sa bouche pour étouffer un haut-le-cœur.

Puis, aussi soudainement que l'assaut a commencé, il prend fin. Le feu passe au vert, et avec une accélération qui colle Lana contre son siège, ils s'éloignent de l'horreur. Dans le rétroviseur, un amas de corps carbonisés et encore fumants jonche le sol, témoins muets de la terreur soudaine.

ELLE MORD LES ZOMBIES !

"Désolé madame, je ne grille pas les feux rouges", commente le chauffeur, fier de lui, en croisant le regard réprobateur de Lana dans le rétroviseur.

Alors que le taxi s'éloigne, la respiration haletante de Lana est le seul son dans le silence recouvré. Elle fixe le chauffeur, encore sous le choc, et se demande à quel point le monde a changé, à quel point il est devenu imprévisible. Les rues, autrefois familières, semblent désormais peuplées de cauchemars rampants, prêts à surgir sans relâche.

Enfin, comme le calme revient après la tempête, Lana s'effondre sur le siège arrière de la voiture. Une détente subite enveloppe chaque muscle de son corps, évoquant la résolution soudaine et inattendue d'une tension qui l'avait jusqu'alors tenue en otage. Elle se trouve dans un état de lâcher-prise complet, son corps et son esprit se libérant simultanément dans un soupir de soulagement qui ravive en elle la sensation d'un orgasme inattendu et salvateur.

Dans cet instant de quiétude absolue, Lana reste immobile, les yeux perdus dans le vide, absorbée par une torpeur profonde. Son téléphone, abandonné sur le siège d'à côté, continue de sonner dans l'indifférence de ce moment intime. Elle ne prête aucune attention à l'appel insistant, son esprit flottant ailleurs, loin des tracas quotidiens. Elle vit pleinement cet instant de silence, comme suspendue dans le temps, un rare moment d'évasion dans le tourbillon incessant de sa vie.

"Ça va madame ?", s'inquiète le chauffeur, ne voyant plus sa cliente dans le rétroviseur.

"Oui, oui. Ne faites pas attention. Conduisez-moi au 15 rue Malord s'il vous plaît", demande Lana en se redressant et en remettant en place ses cheveux et ses vêtements. "Je suis désolée. Vous n'avez rien vu, d'accord ?", conclue-t-elle avec un sourire qui implore le pardon.

Le chauffeur regarde la circulation, droit devant lui. Il réfléchit un instant avec quelques mouvements de la mâchoire comme s'il mangeait quelque chose. "J'ai cru que vous étiez muette", confesse-t-il, ironique.

Lana ne se formalise pas et répond : "Je ne pouvais pas parler."

"Ah, je vois", il glousse. "Ne vous en faites pas. Ca m'arrive tous les jours avec ma femme !", plaisante-t-il avant de proposer : "Vous avez de l'eau devant vous si vous voulez…"

Lana pose ses yeux sur la petite bouteille d'eau calée entre les deux sièges. Elle la saisit à deux mains, l'ouvre et la vide presque d'une seule gorgée.

Le soleil lance ses éclats à travers le cœur battant de la ville, embrassant les façades.

Le chauffeur, un homme à la carrure discrète et aux yeux vifs, ne peut s'empêcher de capter chaque mouvement de sa passagère par le biais de son rétroviseur. Chaque détail de son apparence, chaque geste accompli avec une grâce nonchalante.

À mesure qu'elle tamponne délicatement son front avec un mouchoir soyeux, effaçant les traces d'une chaleur soudaine, il observe, absorbé, la manière dont les gouttelettes de sueur disparaissent pour révéler le visage d'une blancheur de porcelaine. Ses cheveux blonds, coupés en un carré souple, retrouvent leur forme autour de son visage, accentuant la délicatesse de ses traits et la pâleur presque irréelle de sa peau. Lentement, une nuance plus sanguine vient colorer ses joues, offrant une image d'une beauté à couper le souffle, fragile et puissante à la fois.

Sa tenue, choisie avec un goût exquis, dessine son allure printanière. La chemisette blanche, à peine froissée, s'accorde parfaitement à la jupe noire, dessinant une silhouette élancée et féminine. Ses bras, dévoilés, révèlent un hâle léger, témoignage des premiers baisers du soleil printanier, et ses mains, aux ongles impeccablement soignés, renforcent l'harmonie d'un ensemble irréprochable.

Le chauffeur, captivé, ne peut détacher son regard de cette vision, lui qui, au quotidien, est habitué à ne voir dans son rétroviseur que l'indifférence ou le détachement de ses passagers. Lana, rayonnante de cette fraîcheur unique et de cette féminité assumée, semble incarner un monde à part, une promesse de beauté insoupçonnée dans le quotidien routinier.

Lorsque leurs regards se croisent dans le miroir, un instant suspendu se crée, brèche timide dans le voile de la normalité. Le chauffeur, surpris, détourne les yeux, sa curiosité innocente soudainement exposée. Lana, quant à elle, esquisse un sourire énigmatique, signe d'une compréhension sans mots qui scelle ce moment d'intimité volée.

La voiture continue sa route, emportant avec elle l'écho de ce partage fugace, tandis que la ville s'éveille peu à peu, ignorant les subtiles chorégraphies qui se tissent dans l'ombre de ses avenues.

"Comment on sort d'ici ?", interroge Lana en reposant la bouteille à sa place et en consultant son téléphone. Robert l'a bombardé de messages.

"Vous voulez annuler la course ?", s'étonne le chauffeur, déçu à l'idée de perdre sa cliente insolite.

Lana relève la tête de son téléphone : "Non. Je vous demande si vous connaissez un raccourci", précise-t-elle, amusée.

Le rendez-vous amoureux

Place de la Liberté, il y a deux semaines

La terrasse du café bourdonne d'activité, même à cette heure avancée de la soirée. Des touristes déambulent, téléphones en main, saisissant les dernières teintes de lumière qui émanent des façades colorées des bâtiments anciens alentour. Les sons des conversations se mêlent au murmure distant de la fontaine finement sculptée, instaurant une atmosphère à la fois chaleureuse et accueillante.

Au milieu de ce tableau pittoresque, Lana et Nestor sont assis à une table, baignés dans la lumière d'une petite lampe suspendue juste au-dessus d'eux. La lumière tamisée souligne leurs visages, mettant en exergue leurs expressions empreintes de préoccupation. Tandis que le tumulte règne autour d'eux, ils semblent enveloppés dans leur propre bulle, hors d'atteinte et protégés.

Lana a pourtant la sensation d'être observée, scrutée par des regards curieux et indiscrets. La foule les entoure, les enveloppant dans un cocon de chaleur.

Pendant que les rires des groupes de touristes et les discussions enflammées des habitués du café se font entendre, Lana et Nestor vivent dans leur monde, seuls sous le regard de l'inconnu qui les dévisage. Les lumières scintillantes de la ville, leur complicité naissante et leurs mains qui finissent par se toucher deviennent une réalité tangible, les rapprochant inexorablement l'un de l'autre. Lana arrête de jouer avec ses cheveux et se redresse, prenant une mine décidée.

"Tu sens ça ?" murmure-t-elle, "Cette électricité dans l'air, c'est comme si... comme si nous n'étions pas tout à fait seuls."

Nestor, captivé par l'intensité du moment, hoche doucement la tête. "Oui, c'est palpable. Mais c'est peut-être simplement la ville qui nous insuffle son énergie."

Lana sourit légèrement, regardant autour d'elle. "Ou peut-être quelqu'un de mystérieux nous tient-il à l'œil. As-tu remarqué quelqu'un d'inhabituel ce soir ?"

"À vrai dire," répond Nestor en scrutant la foule, "tout ici est inhabituel pour moi. Mais oui, il y a cette femme là-bas, près de la fontaine. Elle semble nous regarder depuis un moment."

"Je l'avais remarqué aussi," dit Lana, son intérêt piqué. "C'est étrange, mais en même temps, cette soirée avait déjà quelque chose d'un peu magique."

Ils se lancent dans une conversation sur la femme mystérieuse, spéculant sur ses raisons de les observer. Peut-être est-elle une artiste cherchant l'inspiration dans les scènes de la vie quotidienne, ou simplement une locale intriguée par le couple.

Entre leurs discussions, ils partagent des anecdotes personnelles, apprenant doucement à se connaître. Les histoires varient, allant des embarras de voyages passés aux rêves d'avenir, tissant entre eux un lien encore plus fort.

"Ce qui est fou," s'exclame Nestor, "c'est comment une soirée apparemment ordinaire peut se transformer en quelque chose d'extraordinaire simplement parce qu'on est ensemble."

Lana acquiesce, un sourire illuminant son visage. Mais c'est un sourire compatissant. Elle trouve Nestor un peu simplet. Mais elle ne se formalise pas : tout le monde l'agace en ce moment. Elle répond avec entrain pour donner une chance à cette rencontre. "C'est vrai. Et peu importe qui nous regarde, ce que nous avons commencé ici, c'est juste entre toi et moi", conclut Lana avec de la tendresse dans la voix. Elle qui a si bien réussi sa vie professionnelle se retrouve complètement incapable de trouver la relation sentimentale qui lui manque tant.

Leurs mains se serrent plus fort sous le regard des étoiles et des lanternes, dans le cadre vivant de la terrasse du café. Et alors que la nuit avance, leur conversation devient la seule chose qui compte, blottie au cœur d'une ville qui ne dort jamais.

"J'ai l'impression qu'un homme me regarde", confie Lana, l'anxiété perçant sa voix.

"Encore ?", s'exclame Nestor, un sourire narquois aux lèvres.

"Je te promets, ce type me regarde vraiment. Je ne fais pas semblant. Lui non plus", dit Lana avec une anxiété naissante sur son visage.

"Lequel ?", interroge Nestor, jetant un coup d'œil discret autour de lui.

"Celui qui a l'air un peu perdu, là-bas, tu le vois ?"

Nestor esquisse un sourire. "Et bien... il y en a plusieurs qui correspondent à ta description..."

"Le chauve, là, avec un anneau dans le nez. Tu le vois maintenant ?", tonne Lana, un peu frustrée de ne pas être prise au sérieux.

"Ah, celui sapé comme un caporal ? Non, il ne te fixe pas vraiment. Il est juste perdu dans ses pensées, le regard tourné par hasard dans notre direction", tente Nestor, pour la rassurer.

"Je t'assure qu'il m'observe depuis cinq minutes. Peux-tu lui dire quelque chose ?", insiste Lana, mettant implicitement Nestor à l'épreuve.

Nestor offre d'abord un sourire, pensant à une plaisanterie, mais le sérieux dans les yeux de Lana le convainc du contraire. Son sourire se fige, remplacé par une expression de malaise alors qu'il s'enfonce dans son fauteuil. Et si cette superbe jeune femme devant lui n'était qu'une folle obsessionnelle ? Une qui voit des choses que personne ne voit ? Une illuminée ?

Pour Lana et Nestor, cette soirée marque leur première rencontre en personne après avoir partagé moments et confidences sur les réseaux sociaux durant trois semaines. Nestor trépignait d'impatience à l'idée de la voir en chair et en os. Lana, quant à elle, adoptait une démarche plus mesurée. Connaissant sa tendance à l'impulsivité, elle préfère laisser au temps le soin de clarifier ses sentiments. Le charme innocent et naïf de Nestor a finalement eu raison de ses résistances. Si l'amour l'attend au bout de ce chemin, elle n'aura pas perdu son temps. Et c'est peut-être là que tout foire chez Lana quand elle aborde les hommes. Elle calcule tout, en permanence. Son esprit ne se repose jamais, comme une joueuse d'échecs qui anticipe plusieurs coups à l'avance.

Pour l'instant, elle tente simplement de savourer leur soirée ensemble, loin des regards insistants.

Lana sait qu'elle vient de lancer un défi à Nestor. Le genre de défi devant lequel beaucoup de ses prétendants se sont dégonflés. Mais aujourd'hui, elle est totalement surprise par le comportement soudain de Nestor. Elle éclate de rire en le regardant danser avec autant d'enthousiasme. Il s'est levé, comme ça, d'un seul coup, et il a commencé à onduler son corps comme un danseur professionnel. Il a des talents cachés, Nestor. Les autres clients du café se tournent vers eux, les sourcils froncés, cherchant à comprendre ce qu'il se passe. Certains applaudissent, d'autres rient, créant une atmosphère de folie et de joie.

Nestor, pris dans son élan, continue de danser avec une énergie débordante, les bras en l'air et le sourire aux lèvres. Il se laisse emporter par la musique imaginaire qui résonne dans sa tête, entraînant Lana dans son délire.

Les serveurs du café s'approchent, hésitants, ne sachant pas comment réagir face à cette scène inattendue. Certains commencent à filmer la scène avec leur téléphone, partageant le moment sur les réseaux sociaux.

Finalement, Nestor s'arrête, essoufflé mais radieux. Il regarde Lana, le regard pétillant de malice, et lui tend la main : "Voulez-vous danser avec moi, madame ?"

Lana, prise au dépourvu mais séduite par la spontanéité de Nestor, prend sa main et se lève de sa chaise. Ils se mettent à danser ensemble, créant un spectacle unique et inoubliable pour tous ceux présents.

La soirée prend une tournure inattendue, mais Lana se laisse emporter par la magie du moment, oubliant les regards indiscrets et les soucis du quotidien. Elle danse avec Nestor, riant aux éclats, savourant chaque instant de cette soirée hors du commun.

Et finalement, elle se rend compte qu'être avec quelqu'un qui la fait se sentir vivante et libre est ce qu'elle désirait vraiment. Et danser en slip sur une table de café était exactement ce qu'il lui fallait pour se rendre compte de la beauté de l'instant présent.

Dans l'effervescence joyeuse d'une soirée qui se présentait jusqu'à cet instant comme tout à fait ordinaire, la terrasse du café situé sur la place de la Liberté s'illumine soudainement d'un nouvel élan de vie. Cet espace, naguère tranquille et presque muet, se métamorphose sous les regards étonnés des clients en une scène de festivités vibrante, où chacun se voit inviter à partager un pan de son âme à travers la danse ou la musique.

Le propriétaire du café, un homme dans la cinquantaine aux yeux scintillants de malice et arborant une moustache parfaitement taillée, ne marque pas une seconde d'hésitation. Comprenant l'opportunité rare de ce moment de communion spontanée, il s'éclipse à l'intérieur du café et réapparaît peu après, chargé d'une collection d'instruments de musique longtemps délaissés : trois guitares, deux trompettes et même un vieil accordéon qui n'avait pas croisé le rayon du soleil depuis des lustres.

"Mes amis, qui parmi vous sait jouer ? Ne soyez pas timides ! Ces magnifiques danseurs méritent une musique à la hauteur pour guider leurs pas ! " lance-t-il, d'une voix imprégnée d'un enthousiasme contagieux se répandant dans l'atmosphère tel un heureux virus.

Un silence pesant s'empare de l'assemblée, interrompu seulement par quelques regards échangés, pleins d'hésitation mais également teintés d'une curiosité croissante. Comme pour briser une lourde chape de nuages, un vieil homme se dresse de sa chaise. Ses cheveux argentés s'agitent doucement sous une brise fraîche, alors que ses doigts, à la fois délicats et marqués par le temps, révèlent des décennies de complicité avec les cordes d'une guitare.

"Je pense pouvoir apporter mon aide", déclare-t-il d'une voix douce, mais empreinte de fermeté, ses yeux scintillant d'une étincelle apparemment intouchée par le poids des années.

"Oh, et moi, je me débrouille un peu avec la trompette", annonce, avec courage, une jeune femme à l'autre extrémité de la terrasse. Ses cheveux roux sont attachés dans un chignon à la fois soigné et désinvolte, et son sourire dévoile une passion brûlante pour la musique. Elle se lève, embrassant l'instrument comme s'il était une extension de son être.

La musique commence alors avec timidité, les premières notes flottant incertaines dans l'air, cherchant leur chemin dans cette création improvisée. Cependant, très rapidement, les musiciens trouvent leur rythme, leur harmonie, comme poussés par une force cachée. La guitare de l'homme âgé tisse une mélodie sur laquelle la trompette de la jeune femme se met à danser, colorant l'air d'éclats de joie et de vie.

Autour d'eux, Lana et Nestor deviennent les figures de proue de cette danse céleste. Lana, les yeux illuminés d'un bonheur pur, se laisse emporter par la musique, ses mouvements racontant une histoire de liberté et d'évasion. Nestor, à ses côtés, apparaît comme son parfait contrepoint, guidant la danse avec une souplesse et une tendresse invitant au rêve.

"Tu danses divinement bien", murmure Nestor au creux de l'oreille de Lana, son souffle chaud provoquant chez elle un frisson.

"Et toi, tu as su faire naître un moment magique", lui répond-elle, le visage rayonnant de joie.

La fête gagne en envergure, captivant même des passants qui, mue par la curiosité ou le désir de se joindre à ce moment d'unité, marquent un arrêt, capturant la scène avec leurs appareils ou en se mêlant à la danse. Les éclats de rire et les échanges remplissent l'atmosphère, tissant entre tous ces êtres une trame d'humanité vibrante.

Le propriétaire du café, adossé au cadre de la porte, observe la scène, un sourire bienveillant ornant ses lèvres. "Qui aurait pu imaginer", se dit-il, "que ma terrasse deviendrait le théâtre d'une telle féerie ?". Il sait que, ce soir, son établissement a inscrit son nom dans les annales de la place de la Liberté, non seulement comme un simple lieu de passage, mais comme le cœur vibrant d'humanité et de joie partagée.

Lana et Nestor, entourés de visages heureux et d'amis imprévus, réalisent qu'ils ont été les témoins privilégiés de quelque chose d'unique, une célébration spontanée de la vie, là, sur la place de la Liberté, où pour une fraction de seconde, le temps s'est suspendu, créant un interstice enchanté dans le tissu de l'existence quotidienne.

Une fraction de seconde suffit à Lana pour discerner l'absence qui vient soudain troubler l'harmonie du décor qui l'entoure.

"Regarde !", lance-t-elle, l'inquiétude perçant dans sa voix.

"Quoi ?", demande Nestor, son regard balayant les alentours sans comprendre.

"Il n'est plus là...", murmure-t-elle, la déception teintant ses mots. L'homme à l'anneau dans le nez, qui plus tôt la dévisageait avec tant d'insistance, a disparu.

Nestor éclate d'un rire franc. "Oh, ton maniaque ? Il a probablement fui la foule ! C'est ce que tu voulais, non ?", s'amuse-t-il, sans percevoir la gravité de la situation perçue par Lana.

Frustrée par son manque de sérieux, Lana redresse le torse, faisant face à Nestor avec une énergie soudain très différente. "Tu ne comprends vraiment rien", lance-t-elle avant de se lever brusquement, quittant les lieux comme si le poids du monde venait de s'abattre sur ses épaules.

"Lana !", s'exclame Nestor, son bras tendu dans une vaine tentative de la retenir.

Lana repousse la main tendue de Nestor et s'éloigne, seule, sa silhouette se découpant contre le mur des applaudissements de la foule qui, dans son ignorance, prend la scène pour une représentation théâtrale. Elle marche avec une résolution empreinte d'isolement, laissant derrière elle un Nestor confus et un public inconscient de la véritable nature de l'événement qui vient de se jouer sous leurs yeux.

Elle avait beaucoup apprécié ce moment improvisé. Mais ce qu'elle attendait avant tout en secret c'était une sorte d'affrontement direct entre Nestor et cet inconnu qui semblait trop s'intéresser à elle et qu'elle avait déjà aperçu au marché. Ça peut sembler ridicule, mais Lana voulait tester le courage de Nestor, et sa capacité à la défendre. D'habitude elle n'aurait pas réagi comme ça. Elle déteste les gens qui partent sans explications, alors elle ne l'impose jamais aux autres. Mais ce soir-là, quelque chose a changé en elle. Quelque chose a pris le contrôle.

Le parking

En route vers l'appartement de Lana

Diango roule à travers les rues baignées d'une lumière orangée. Il sent que chaque seconde le rapproche de quelque chose qu'il préférerait éviter. "Roulez plus lentement s'il vous plaît. Oui, comme ça, très bien", murmure Lana depuis le siège arrière, sa voix imprégnant chaque recoin de l'habitacle d'une calme autorité. Sous les rayons tamisés des réverbères, Diango jette un regard transversal à travers son rétroviseur, captant l'expression suppliante de Lana. "Qu'est-ce que vous attendez de moi madame ?", demande-t-il, une pointe de regret perçant sa voix comme une note dissonante dans un concerto autrement fluide.

"Merde, sa voiture est déjà là...," s'exclame soudain Lana, son regard fixé sur une présence indésirable parquée devant chez elle. Elle tourne son regard vers Diango, un regard qui implore et inquiet. "Vous allez venir avec moi," dit-elle. Sa requête sonne davantage comme un ordre désespéré qu'une simple demande.

Diango se sent piégé, un sentiment d'étouffement saisit sa poitrine alors qu'il montre le tableau de bord de sa voiture, pour indiquer ses obligations. "Mais, madame, je ne peux pas !", s'exclame-t-il, sa voix trahissant l'angoisse d'un homme tiraillé entre le devoir et l'humain.

Lana, dans un geste presque théâtral, lui présente une nouvelle liasse de billets, et murmure sa nouvelle proposition : "Il y aura le double pour vous, tout à l'heure, si vous m'accompagnez jusqu'à chez moi."

Diango se sent déchiré ; la tentation du gain facile se heurte à son intégrité. Il se demande d'où Lana sort tout cet argent liquide dont il a tellement besoin pour ses enfants. L'argent facile à toujours été le signe du danger pour lui. "Oh, non. Il faut appeler la police madame si vous ne vous sentez pas en sécurité," répond-il, tentant de se raccrocher à une lueur de rationalité dans ce tourbillon d'émotions.

Pourtant il réfléchit, silencieux, donnant un coup d'œil de temps en temps aux billets tendus. Il arrête sa voiture en double file en face de chez Lana. Il prend une décision qui lui coûte. "J'attends que vous quittiez mon véhicule, madame. J'ai vraiment du travail. Je vous offre la course," propose-t-il, espérant mettre fin à cet échange émotionnellement chargé. Il sent que s'impliquer davantage l'entraînera plus profondément dans cet abîme.

"Diango, j'ai besoin de toi", dit Lana, dans un souffle de supplication. A cet instant, Diango lit la peur dans les yeux de sa cliente. "Tu es fort. Je ne me sens pas en sécurité. Il n'y a que toi pour m'aider ici", lance Lana, sa voix enveloppée d'une vulnérabilité presque enfantine. Diango la contemple, ses yeux plongés dans les siens, cherchant à déchiffrer la vérité derrière ce regard.

Lana lui confie sa peur de son patron, cet homme sans doute furieux qui la poursuit jusque dans sa propre demeure. Sa requête est simple, elle cherche protection et assurance, mais tout en elle crie une détresse qui va au-delà des mots. Diango, malgré sa résolution, se sent vaciller. "La police ne se déplacerait pas pour juste une impression," souffle-t-elle, une pointe d'ironie teintant ses mots.

"Tu fais une bonne action, et en plus tu gagnes un joli paquet d'argent," insiste-t-elle, ses yeux brillants de l'espoir qu'il cède. Diango, contre toute attente, sent sa forteresse morale s'effriter. "Je ne peux pas accepter autant d'argent liquide," murmure-t-il, un combat intérieur se dessinant derrière ces mots.

Lana regarde Diango, comme déboussolée d'être tombée sur le plus honnête des taxis de l'univers. "Diango, s'il te plaît, aide-moi", insiste Lana, sa voix chargée d'une urgence qui perce le voile de ses résistances. Finalement, quelque chose en lui cède. "D'accord," souffle-t-il, cédant à cette supplique humaine. "Je vous accompagne jusqu'à votre porte et c'est tout," précise-t-il, aspirant à mettre des frontières à cet engagement inattendu.

Lana désigne solennellement l'entrée du parking, sur le côté de son petit immeuble. "Avance doucement, il est peut-être là, pas loin, à nous observer", confie Lana en vérifiant, inquiète, chaque coin de la rue. Diango, tel un charretier des temps modernes, guide sa monture mécanisée jusque devant la porte que Lana, armée de sa télécommande, s'empresse d'ouvrir. Soudain, Diango libère un éclat sonore tonitruant, une explosion basse fréquence, quelque chose de puissant qui évoque la résonance d'une grosse caisse lors d'un solo de rock endiablé.

"Oups. Pardon. Cela m'a échappé...", marmonne-t-il, l'âme assaillie par une gêne indélébile.

Les regards de Diango et de Lana se croisent, mais cette fois avec la saveur d'une complicité entre deux enfants qui jouent à un jeu connu d'eux seuls.

"Ne t'en fais pas, Diango. Moi aussi, je pète quand je suis stressée", confesse Lana en s'inclinant légèrement sur le côté pour orchestrer une symphonie nettement plus stridente et étonnamment prolongée.

Diango lève les sourcils, fasciné par ce qu'il vient d'entendre, par tant de virtuosité : "Je crois qu'on avait besoin de décompresser", remarque Diango. Ce constat les propulse tous deux dans une hilarité torrentielle, peuplant l'espace confiné du taxi d'une atmosphère jubilatoire et irrépressible. La puanteur caustique qui s'ensuit dans l'habitacle redouble leurs rires jusqu'au larmes. "Putain Diango, sans rire, tu manges quoi pour que ça fouette comme ça ?", demande Lana, hilare, en désignant l'air autour d'elle et en ouvrant à moitié la vitre de la portière.

Le taxi descend lentement et en silence la spirale qui le conduit à la place du parking souterrain que lui désigne Lana.

Les silhouettes de la voiture et de ses occupants se projettent en ombres longues et déformées sur les murs, jouant capricieusement avec les perspectives. Au loin, on peut apercevoir une série de colonnes soutenant la masse du bâtiment qui gît impassible et silencieux au-dessus d'eux.

La lumière blanche et artificielle transforme instantanément l'atmosphère, plongeant Diango et Lana dans un univers où chaque coin est baigné d'une clarté blafarde, rappelant l'intérieur d'un frigo géant. La lumière, froide et impersonnelle, se reflète sur le sol en béton d'une propreté surprenante, accentuant l'aspect épuré, presque stérile de l'endroit.

Ils descendent du taxi et pendant que Diango le verrouille, Lana ouvre la portière de la voiture de sport garée dans la place mitoyenne.

Diango l'observe attentivement. Il reste en proie à ses interrogations sur l'origine de la richesse de Lana. "Ça gagne bien dans le quartier...", dit-il, un mélange de respect et de curiosité perçant dans sa voix qui résonne presque à l'infini, donnant l'impression que l'endroit est plus grand qu'il ne l'est réellement.

Un léger grondement de ventilation rythme la vie dans cet espace autrement muet.

Des tuyaux apparents et les conduits d'aération ajoutent à l'esthétique industrielle du lieu, tout en rappelant son fonctionnement souterrain complexe. Par endroits, de faibles halos lumineux émanent des interstices de portes menant à des issues de secours ou à des locaux techniques.

Lana sourit avec une touche de fierté et une pointe de mystère. "Disons que je suis dans... le commerce international", révèle-t-elle en ajustant son sac à main sur son épaule, alourdi par le petit paquet en plastique noir qu'elle vient de prendre dans sa voiture, évitant soigneusement de donner plus de détails.

À intervalles réguliers, des caméras de surveillance, petites sentinelles aux yeux omniprésents, sont fixées au plafond, leur présence discrète mais constante rappelant que chaque mouvement est possiblement observé, contribuant ainsi à une sensation de vigilance perpétuelle.

La tension de Diango s'atténue un peu, mais il ne peut s'empêcher de sentir qu'il y a plus dans l'histoire de Lana qu'elle ne le laisse paraître. Ses explications évasives, l'opulence discrète qui émane d'elle, tout contribue à tisser une aura de mystère autour d'elle.

L'air, bien que frais, est teinté d'un léger parfum de caoutchouc et d'huile moteur, signature olfactive des parkings souterrains. Cet arôme mécanique se mêle à des notes plus subtiles de peinture et de métal, formant un bouquet de senteurs presque rassurantes.

Soudain, Lana s'arrête et se retourne vers Diango. "Ecoute, je sais que ça n'est pas ordinaire, mais saches que je t'en suis sincèrement reconnaissante. Je ne voulais pas t'impliquer dans mes problèmes, tu sais ?", dit-elle, sa voix chargée d'émotion.

Diango, un peu déconcerté par l'intensité du moment, répond d'un ton apaisant. "Écoute, Lana, on a tous nos mauvais moments. Crois-moi, je sais ce que c'est. Tu avais besoin d'aide... et je suis content d'avoir pu être là pour toi."

Lana sourit légèrement, visiblement touchée par ses paroles. "Et je ne t'oublie pas. Pour le 'service rendu'," dit-elle, en sortant les liasses de billets promises de son sac.

Diango lève une main, refusant poliment. "Je te l'ai dit, je ne fais pas ça pour l'argent. Mais si tu insistes vraiment, je préférerais que tu fasses un don à notre association de taxis. On pourrait faire des cadeaux aux gamins de nos chauffeurs avec", suggère-t-il.

Lana le regarde, un nouveau respect dans les yeux. "Tu es un homme bon, Diango", lui souffle-t-elle en lui ouvrant ses mains de géant et en plaçant les billets dedans. Diango la regarde, regarde ses mains avec cette petite fortune dedans. Lana sourit, avec la bienveillance d'une mère, et du regard, lui suggère de ranger son butin dans le taxi. "Je t'attends devant l'ascenseur", indique-t-elle en s'éloignant vers la porte de l'ascenseur plus loin dans le parking. Avec un mélange de peur et d'admiration, Diango la contemple s'éloigner sous la lumière blanche et froide. Les pas de Lana résonnent dans le parking, écho méthodique et incessant qui, tel un métronome funeste, annonce l'imminence d'un dénouement terrifiant.

Diango reste en alerte. Il dépose son butin dans la boîte à gants qu'il verrouille comme le reste du taxi et rejoint Lana devant l'ascenseur.

Diango demande à Lana pourquoi elle a mordu la poignée à l'arrière du taxi. Si elle a conscience que c'est un des premiers signes de la contamination et que en général ça évolue mal. Elle dit que oui. Qu'aujourd'hui elle a même perdu prise face à la réalité. Elle lui raconte comment elle a dû quitter son bureau en pleine séance de travail. Que son patron Robert doit être super furieux pour s'être pointée chez elle. Elle espère juste réussir à l'éviter. Elle dit qu'elle a besoin de calme. De vacances.

Diango regarde Lana. Elle comprend sans un mot qu'il veut évoquer son comportement tout à l'heure dans le taxi. Ils n'en ont pas parlé jusqu'ici, sans doute par pudeur, par crainte aussi.

"Tu veux parler de mon comportement dans la voiture ? Je vois tes yeux Diango. Ils ne mentent pas", demande Lana, sans conviction. Elle aurait préféré ne pas avoir cette conversation.

"Pourquoi... Pourquoi as-tu mordu la poignée à l'arrière du taxi ? Tu sais, c'est un des premiers signes de la contamination. Et ça n'annonce rien de bon en général," demande-t-il, l'inquiétude perçant sa voix.

Lana fixe le sol, évitant le regard de Diango. "Oui, je sais," répond-elle doucement. "Aujourd'hui, j'ai même perdu prise face à la réalité."

Elle émet un soupir lourd d'appréhension et pivote lentement vers la porte de l'ascenseur qui, avec un grincement lent et lourd, s'ouvre enfin. Diango et Lana, hésitants, montent dans la cabine.

"Je travaillais à mon bureau, comme d'habitude, quand soudain tout a commencé à me sembler... irréel. J'ai dû quitter la séance en plein travail. Robert, mon patron, doit être furieux de mon départ sans explications. Il n'a jamais rien su faire sans moi ce con. Je ne sais pas ce qui m'a pris. C'était plus fort que moi", continue-t-elle, la voix entrecoupée d'hésitations.

Diango fronce les sourcils. Il ne comprend pas toute l'histoire décousue, mais il croit déceler quelque chose de familier dans la voix de Lana. "Tu devrais voir quelqu'un pour ça", conseille-t-il.

Elle secoue la tête vigoureusement : "Non, non. Je... J'ai juste besoin de calme. De vacances," insiste-t-elle, essayant de sourire, un sourire qui ne parvient pas à masquer la fatigue et l'inquiétude qui marquent son visage.

Les deux se regardent un moment dans le silence, tous les non-dits pesants entre eux. Finalement, Lana brise le silence.

"Tu devrais te faire aider", insiste Diango.

"Tu as l'air de t'y connaître ?", interroge Lana.

Diango marque une pause, le regard vide, puis soupire d'un grand mouvement des poumons : "J'ai perdu ma fille le mois dernier... oui, je m'y connais, un peu", confie-t-il, complètement bouleversé par l'évocation de ce souvenir encore ardent das son coeur.

"Merde...", lâche Lana, déconcertée.

"Tu ne pouvais pas savoir", rassure Diango, en inspirant profondément.

"Si je sais. Enfin... j'ai aussi perdu ma sœur Vivian. Je connais ce déchirement. Diango, merci pour ce que tu fais pour moi", dit Lana en l'embrassant pour le réconforter et le remercier. Il n'a même pas eu le temps d'esquiver.

Soudain, un bruit sinistre déchire le silence du parking souterrain. Comparable à une respiration hachée, rauque, et répétée par l'écho, celle-ci semble se rapprocher lentement, méthodiquement.

"Qu'est-ce que c'est ?", articule Lana, la voix tremblante d'inquiétude, en penchant prudemment sa tête à l'extérieur pour tenter de localiser l'origine du bruit terrifiant.

"Shhh... Comment on ferme ces portes ? Vite !", chuchote Diango d'une voix urgente, tout en tirant Lana à l'intérieur de l'ascenseur avec précipitation. Il n'y a plus aucun doute, la respiration se fait plus oppressante, proche, menaçante.

Prise de panique, Lana fouille son sac dans une frénésie croissante, ses mains tremblantes peinant à trouver leur but. Diango, quant à lui, se recroqueville contre la paroi du fond, terrorisé, son visage blême éclairé par l'éclairage blafard de la cabine. Il aurait voulu se montrer moins démonstratif et courageux, capable de se contenir, mais il montre tous les signes de celui qui a déjà vécu cette situation. "Dépêche-toi !", siffle-t-il entre ses dents serrées, la peur palpable dans sa voix, ses mains se cramponnent désespérément à la surface froide derrière lui.

La respiration rauque se transforme subitement en un grognement profond, presque humain, émanant des profondeurs d'une gorge abîmée par le temps ou la maladie.

Lana, paralysée d'angoisse, peine à saisir son badge. Excédé et animé par un instinct de survie brut, Diango arrache le sac des mains de Lana et le renverse avec précipitation; son contenu s'éparpille sur le sol métallique de l'ascenseur avec un vacarme assourdissant. Le grognement se mêle désormais à des coups violents contre les véhicules environnants, les bruits sourds et pesants résonnent comme des coups de marteau sur leur cœur. Diango, perturbé, fixe désespérément l'extérieur, ne discernant rien alors que Lana, finalement, agrippe le badge avec une maladresse désespérée. Ses doigts tremblants glissent le bout de plastique devant le lecteur, et les portes commencent à se refermer avec une lenteur agonisante.

Juste avant que les portes ne se claquent, un impact monstrueux les fait vibrer dangereusement, suivi de près par une série de coups féroces contre la surface extérieure tandis que l'ascenseur amorce sa montée. Le bruit des coups s'intensifie, mais devient rapidement distant au fur et à mesure que la cabine s'élève.

Sous l'assaut des émotions, Lana s'effondre littéralement contre la paroi de l'ascenseur, se laissant glisser au sol, telle une poupée de chiffon terrifiée et nerveusement anéantie.

"Qu'est-ce que c'était, bon sang ?", balbutie-t-elle, les yeux écarquillés, la terreur lacérant chaque syllabe.

"Je n'en ai aucune idée... As-tu entendu parler de quelque chose dans l'immeuble ?", Diango scanne frénétiquement l'intérieur de la cabine, les yeux injectés de sang, comme si le danger pouvait à tout moment surgir des parois elles-mêmes.

"Viens, relève-toi. Il faut être prêts à courir dès que les portes s'ouvriront. Où as-tu mis ta clé ? On ne doit pas traîner", intime Diango d'une voix ferme, son bras aidant Lana à se remettre sur pieds avec un subtil mélange de douceur et de vigueur.

Tandis que Lana s'affaire à rassembler tant bien que mal ses affaires éparses, Diango l'arrête soudain : "Oublie ça. Prends seulement ça avec toi", dit-il en montrant du doigt le petit revolver argenté gisant innocemment parmi le désordre, une promesse de protection ou de damnation.

Lana fixe l'arme, puis croise le regard de Diango, où se dessine une pointe d'amusement mêlée à l'urgence de la situation. "Justement, j'allais...", balbutie-t-elle, gênée.

"Shhh... Ne dis rien. Je préfère ne pas savoir", coupe Diango avec un doigt sur les lèvres, un geste conspirateur et rassurant à la fois.

L'ascenseur atteint enfin le troisième et dernier étage avec un claquement qui les fait sursauter, un rappel cinglant de la réalité qui les guette. Les portes s'ouvrent lentement. Diango, avec prudence, avance la tête au-dehors, scrute le couloir désert avec la vigilance d'un animal traqué, retenant Lana du bras pour la protéger d'un danger potentiel.

"C'est dégagé", murmure-t-il finalement, faisant signe de le suivre rapidement, chaque seconde comptant dans leur fuite de la chose qui rôde toujours, possiblement, juste derrière eux.

Lana scrute le couloir avec une intensité farouche, comme si chaque ombre dissimulait un danger mortel. Elle se tient là, à moitié accroupie, son corps tendu tel un félin prêt à bondir, anticipant le moindre bruit suspect. Avec une agilité féline, elle devance Diango, ses pas frénétiques la mènent jusqu'à la porte de son appartement niché au fond du couloir. Sa main, tremblante de peur, porte la clé salvatrice devant elle, comme un étendard.

"Vite !", chuchote Diango, l'œil aux aguets, chaque nerf de son corps en alerte. Le moindre craquement lui semble être l'annonce de leur perte. "T'aurais dû mettre une serrure électronique, ça va plus vite !", grogne-t-il, commençant à sentir la pression monter en lui.

"Je préfère la vieille méthode, c'est plus sûr", se justifie Lana en tentant de stabiliser la clé à l'horizontale.

La clé trouve enfin sa place dans la serrure, et Lana, avec des gestes saccadés par la peur, la tourne avec une précision qui se veut rapide mais qui lui semble durer une éternité. Ils franchissent le seuil de la porte, et à peine entrés, Lana la claque derrière eux. Le son lourd et sec de la porte résonne comme une libération nerveuse à la fin d'une longue course poursuite effrénée.

Lana s'effondre contre la porte fermée. Diango tente de la retenir mais elle se laisse glisser, épuisée. Elle laisse échapper un gémissement étouffé. Sa respiration rapide et superficielle trahit l'ouragan de terreur qui la ravage de l'intérieur.

Diango contemple sa cliente en pleine chute nerveuse. Il sait ce que c'est. Elle a besoin qu'on lui fiche la paix. Mais pas trop longtemps. Il ne faut pas qu'elle s'endorme comme ça. Il se rapproche de Lana et l'encadre de ses bras, puis la soulève pour la redresser, prêt à la retenir si ses jambes devaient céder sous le poids de sa peur.

"Ça va aller... C'est fini", rassure Diango. Sa voix est étranglée par l'angoisse partagée.

Autour d'eux, le silence de l'appartement est oppressant, ponctué par le bruit de leur respiration haletante. Leur refuge semble tout sauf sûr. Chaque coin d'ombre est une cachette potentielle pour leur poursuivant non identifié.

La peur viscérale qu'éprouve Lana est encore palpable, emplissant l'espace confiné de l'appartement d'une terreur tangible. Chaque battement de cœur, chaque souffle, semble amplifié, comme si l'appartement lui-même retenait son souffle, anticipant un danger imminent.

Diango avance en regardant autour de lui, du sol au plafond : "Putain, c'est plus grand qu'une gare ici !", lâche-t-il, les yeux écarquillés, peinant à refermer la bouche.

Le marché

Le marché, il y a une semaine

Alors que le soleil teinte le marché de la lueur vivace et bleutée du matin pourtant rassurante, Lana se fraie un chemin entre les étals, une boule d'angoisse solidifiée dans son ventre. Elle sent le poids d'un regard insistant, glacial et perçant même à travers la foule bigarrée. Se retournant subrepticement, ses yeux croisent ceux de l'homme chauve à l'anneau dans le nez, sombre et insondable, qui se détache avec une netteté morbide sur le chaos ambiant du marché. Qu'est-ce qu'il veut ?

Dévorée par une intuition glaciale, Lana décide de tester ses soupçons. Elle emprunte à plusieurs reprises le même dédale entre les allées, feignant l'indécision devant le marchand de fruits et de légumes aux couleurs éclatantes, qui contrastent cruellement avec l'ombre grandissante dans son esprit. Et à chaque fois, comme une malédiction, elle perçoit la silhouette de l'homme qui réapparaît, flottant entre les badauds avec une aisance sinistre, toujours à la même distance morbide. Il porte une sorte de cape longue couleur de terre battue qui lui donne des airs de boucher. Avec son crâne chauve, il à un air très menaçant, naturellement agressif.

Le cœur de Lana martèle dans sa poitrine, chaque battement résonne comme un coup de tambour annonçant un événement imminent. Elle se sent prise dans une toile d'araignée, chaque mouvement la tirant plus profondément dans les griffes de son poursuivant. Les couleurs vives autour d'elle se maculent d'une teinte sombre, et les rires et conversations autour deviennent étouffés, lointains, comme si elle traversait un brouillard épais, avec pour seul compagnon le frisson glacé qui descend le long de son échine.

Elle tente une échappée, plongeant dans une allée moins fréquentée, où les étals sont plus espacés et les ombres plus denses. Son souffle s'accélère, se mêlant au cliquetis de ses pas précipités. Lana jette un coup d'œil par-dessus son épaule et le voit, l'homme à l'anneau dans le nez, qui émerge des ténèbres entre deux étals, tel un prédateur guidé par l'instinct, ses yeux fixés sur elle avec une détermination terrifiante.

La panique s'empare alors de Lana, chaque écho de ses pas sur le pavé ancien résonne comme un signal d'alarme. Elle sent que son souffle devient court et haletant, l'obligeant à ouvrir la bouche pour respirer. Elle accélère, au pas de course, bousculant passants et marchands, les rouspétances et les plaintes s'effacent derrière elle. Elle cherche désespérément une issue, un visage amical dans la foule, mais tout ce qu'elle voit, c'est l'homme qui se rapproche inexorablement, son anneau dans le nez scintillant malicieusement par moments sous le faible éclairage, comme l'œil d'un démon dans la pénombre.

L'air se fait plus froid, les sons autour plus étouffés, et Lana comprend qu'elle ne fuit pas seulement un homme, mais une peur primordiale, incarnée par cette poursuite sans fin. Son esprit tourne à toute vitesse, cherchant une échappatoire, alors qu'elle est entraînée plus profondément dans cet enfer vivant, chaque tournant l'éloigne de la sécurité et la rapproche du danger inéluctable. Les battements de son cœur semblent être les seuls témoins de sa lutte désespérée pour survivre dans ce jeu macabre de chat et de la souris.

Elle lance un dernier regard par-dessus son épaule. Là, à une distance très proche, presque suffisante pour sentir son souffle froid, se trouve l'homme à l'anneau dans le nez, sa silhouette sombre se découpant nettement dans la lumière blafarde de ce coin du marché. Incapable de dominer cette crise de panique qui prend le dessus sur sa volonté, Lana se jette dans une course éperdue, ses pas résonnant sur le pavé humide comme les battements d'un tambour funeste.

Dans son sillage de peur, emportée par l'urgence de sa fuite, elle entre en collision brutale avec un marchand, un vieil homme au visage buriné par des années de labeur, qui pousse un diable chargé de caisses de salades. La force de l'impact envoie Lana et les caisses s'écraser sur le sol dans un chaos de verdure et de douleur. Ses mains se déchirent sur le sol, laissant de courtes traînées de sang parmi les feuilles éparpillées, ses genoux s'écorchent violemment, une douleur aiguë jaillit à chaque tentative de mouvement. Elle se trouve à un souffle du sol, le visage tendu. Les caisses ont amorti in extremis sa chute qui aurait pu être bien plus douloureuse.

Le cri qui s'échappe de ses lèvres est celui d'une bête traquée, un son déchirant qui semble suspendre le temps. Le marchand reste pétrifié, les yeux écarquillés devant le spectacle et ses salades éparpillées sur plusieurs mètres. Il se rapproche finalement, ses mains rugueuses tendues pour aider Lana à se redresser, une expression de profonde inquiétude gravée sur son visage bienveillant.

"Tout va bien, madame ?", murmure-t-il d'une voix rauque dans le silence soudain lourd, pour tenter de percer le voile de terreur enveloppant Lana.

Elle se redresse avec peine, s'appuyant contre l'homme pour trouver une stabilité précaire. Ses yeux se verrouillent avec ceux du marchand, un miroir de peur et de désespoir. Il tente de la rassurer encore, avec une voix qui cette fois sonne comme un baume timide contre l'horreur : "Détendez-vous, madame. Ce n'est rien."

Autour d'eux, les débris de la chute sont un témoignage silencieux de la panique subite de Lana. Mais le marchand, avec un détachement presque paternel, balaye ses craintes : "Ne vous en faites pas pour les dégâts."

Lana, son cœur pompant encore comme une machine lancée à pleine vitesse, tourne de nouveau son visage terrorisé vers l'arrière. Elle scrute les ombres, chaque recoin baigné par la lumière glauque, à la recherche de son poursuivant.

L'homme à l'anneau dans le nez n'est plus là. Comme avalé par le matin encore brumeux de cette partie du marché.

Elle n'a pas rêvé ? Il était là. Il la poursuivait au tournant de chaque allée du marché qu'elle empruntait.

"Elle veut boire quelque chose la jolie dame ?", demande le vieux marchand. Il a un sourire jusqu'aux oreilles et l'œil lourd de celui qui picole de bon matin pour se réchauffer.

Lana se relève, repousse la main du marchand qui veut l'agripper et s'éloigne, presque en courant.

ELLE MORD LES ZOMBIES !

49

La comtesse Miranda

Palais Verspeccio, en périphérie de Pusiglia

"Bonjour monsieur Jon. Ne jouez pas les timorés, prenez place. Vous avez l'embarras du choix", déclare Miranda, comtesse de Pusiglia, avec un air mi-amusé, mi-impératrice.

Jon reste planté là, bouche bée devant le décor ostentatoirement baroque du grand salon. Entre les tapisseries qui semblent tout droit sorties d'une superproduction hollywoodienne sur des batailles épiques et des statues qui ne manqueraient pas de donner des complexes à Michel-Ange, chaque mur et chaque espace libre sont occupés par une extravagance visuelle. C'est comme si le mot "mesure" n'avait jamais franchi le seuil de cette pièce.

"Allons, ne jouez pas les sauvages, monsieur Jon", lance Miranda, un sourire malicieux se dessinant sur ses lèvres, en lui indiquant les cinq fauteuils rivalisant d'audace devant lui. "Merci", marmonne-t-il avec une timidité mal dissimulée en choisissant le siège qui semble être le trône du roi de la jungle, avec un dossier hautain et des accoudoirs s'achevant en pattes de bête féroce, équipées de griffes dorées à vous faire pâlir une carte de crédit Platinum.

Tout ce palais est un feu d'artifice pour les yeux et une berceuse pour l'imagination. Miranda est une esthète passionnée par le faste prétentieux des demeures italiennes de l'époque Renaissance. Passionnée ? Disons plus simplement qu'aujourd'hui tout ça est à elle. Car au-delà de cette façade, rien n'est authentique chez elle. Miranda est une ancienne escort girl. Elle est devenue comtesse, par un coup du sort, en épousant un aristocrate devenu un mastodonte de la génétique, pour tuer l'ennui. Il était aussi riche que discret sur sa vie privée. Le fameux Comte Giancarlo, hélas, a tiré sa révérence dans des circonstances peu glorieuses, sur son trône de porcelaine. Il paraît qu'il a forcé le destin... et ses valves internes. Un dramatique cas de plomberie corporelle qui a mal tourné en accident vasculaire cérébral. Imparable. Il est tombé sur le coup.

Le lieu est un mélange délicieusement kitsch de grandeur fantasmée et de réalité romancée, où chaque objet semble vous murmurer des anecdotes invraisemblables sur son passé glorieux et probablement fictif. Jon, désormais à moitié assis, à moitié en suspension dans son fauteuil trop grand pour lui, ressemble plus à un explorateur qu'à un invité, prêt à décoder les mystères de ce labyrinthe de luxure et de faux-semblants.

"On m'a beaucoup vanté vos qualités, monsieur Jon", lance Miranda avec une élégance qui flirte avec l'excès, en s'affaissant dans un fauteuil dont la taille semble rivaliser avec celle d'un petit pays européen. Tout cela pour sa silhouette qui, bien que gracieuse, donne l'impression qu'elle pourrait s'envoler au moindre courant d'air. Ces fauteuils semblent avoir été fabriqués pour une race de géants éteinte.

"Vous avez parcouru le dossier que je vous ai expédié, j'espère ?", interroge-t-elle, le ton badin mais l'œil acéré.

Jon lui répond par un regard, ses mains agrippant les accoudoirs de son propre trône d'ébène comme s'il s'apprêtait à embarquer dans une course folle avec une voiture de collection. "Vous n'êtes pas très éloquent mon ami, n'est-ce pas ? Ici, même les murs ont des oreilles. Vous pouvez vous détendre", ironise Miranda, tout en acceptant avec une grâce théâtrale la coupe de champagne qu'un domestique, visiblement entraîné à naviguer entre les conversations gênantes ou secrètes avec l'agilité d'un danseur étoile, lui tend.

"Je suppose que si vous avez accepté mon invitation, c'est que notre projet vous a séduit ?" raille-t-elle, le sourire enjoué et le regard pétillant, non sans vouloir cacher son impatience.

Jon, toujours aussi stoïque, empoigne la coupe de champagne que le même domestique lui tend, avec une délicatesse inattendue, comme s'il maniait un artefact ancien plutôt qu'un simple verre. Il s'octroie un instant de pause, humant le breuvage avec la concentration d'un sommelier en pleine dégustation, puis, ouvrant finalement les yeux, il laisse échapper un "Oui" aussi dense qu'un roman de Dostoïevski, mais avec le sourire confiant de quelqu'un qui vient de résoudre un Rubik's cube les yeux bandés.

Jon observe Miranda avec un regard où l'amusement et le défi dansent une valse si parfaite qu'on aurait dit que Mozart lui-même en était le chef d'orchestre. Tout autour, le domestique, tel une ombre fugace, s'éclipse avec une telle discrétion que même un chat, observateur privilégié de ses propres disparitions, aurait applaudi.

"Ah, vous parlez ! J'en suis ravie. Et qu'avez-vous le plus apprécié dans notre projet, monsieur Jon ?", lance-t-elle avec un enthousiasme qui aurait pu donner vie à une statue, se penchant légèrement en avant comme si elle allait remonter un filet de pêche rempli à ras-bord de poisson.

Fasciné, Jon ne peut s'empêcher de fixer Miranda. Son maquillage semble être l'œuvre d'un artiste qui, ayant découvert tout un arsenal de couleurs, aurait décidé de toutes les employer d'un coup. Elle a les yeux fardés de noir. Ils ressemblent à deux trous noirs prêts à engloutir la moindre parcelle de lumière. Ses joues explosent d'un rose tellement électrique qu'on se demande quand va se produire le court-circuit. Et ses lèvres, d'un rouge si vif qu'elles semblent tout droit sorties d'un film d'horreur, se collent de temps à autre, laissant apparaître un mince filet rouge qui les relie, même la bouche ouverte. Quant à sa coiffure, c'est un empire de boucles, d'un noir profond, enchevêtrées les unes dans les autres tel un nid de serpents en pleine lutte. On a perdu Jon, emporté par ce spectacle si improbable.

"La prime", rétorque Jon avec un sourire en coin, levant son verre en un toast des plus insolites en direction de la comtesse.

Cette réponse pend dans l'air comme un mobile d'Alexander Calder, oscillant entre sarcasme et honnêteté. Miranda, dont le style théâtral n'aurait pas déparé dans une reconstitution historique d'un salon parisien, riposte avec une répartie aussi piquante que la tenue bariolée qu'elle arbore. "Ah, bien sûr. J'avais oublié : on m'a aussi beaucoup vanté votre esprit, monsieur Jon", conclue-t-elle, dans un éclat de rire qui se propage dans toute la pièce, en levant à son tour son verre. "Buvons au succès de notre collaboration !"

Jon et Miranda terminent leurs verres avec une telle synchronie qu'on aurait dit un numéro répété de cirque, sous l'œil morne de tous les domestiques qui, sur un signe théâtral de Miranda, se retirent comme on quitte la scène après un acte manqué.

Miranda, après cet exploit de buveurs chevronnés, se laisse tomber dans son fauteuil avec toute la grâce d'un sac de pommes de terre, cherchant son souffle. Ces bulles ont produit l'effet d'une rafale. Elle ferme les yeux, un sourire narquois se dessinant sur ses lèvres, avant d'ouvrir grand les yeux et de lancer à Jon un regard où se mêlent défi et amusement.

"J'adore cette brillance sur votre crâne chauve, monsieur Jon. Puis-je le toucher ? Il paraît que ça porte bonheur".

Elle avance vers Jon, qui semble trouver cette attention inopinément séduisante. La caresse de Miranda sur ce mont chauve est aussi légère qu'une promesse électorale. Jon reste impassible, les yeux rivés dans le vide. Il s'est toujours demandé pourquoi les gens avaient ce besoin irrépressible de mettre leurs pattes sur son crâne.

"Vous savez, j'aurais pu empoisonner votre verre, monsieur Jon", déclare-t-elle ensuite, retournant à son siège comme une actrice se repliant vers une marque au sol. Elle s'assied et croise les jambes en prenant soin de refermer la fente de sa jupe.

"J'aurais pu empoisonner le vôtre..." murmure Jon, l'air tellement impassible qu'on pourrait le confondre avec un garde royal britannique.

Miranda éclate de rire, son hilarité perçant l'air comme des notes sur un piano désaccordé. "Ah ? Vraiment ? Et vous auriez procédé comment, Monsieur Jon ? Avec de la magie noire peut-être ?", lance-t-elle, son rire continuant à se répandre dans la pièce comme une traînée de poudre.

"Je suis ici pour récupérer le premier versement et vos instructions", réplique Jon, avec la délicatesse d'un bulldozer en pleine démolition.

Miranda le dévisage un instant, son amusement semblant s'évanouir comme la nuit au petit matin. Elle se reprend enfin. "Vous avez parfaitement raison. Voilà l'enveloppe contenant votre acompte. Le reste, si vous survivez, apparaîtra par magie dans votre compte dès que le 'spécimen' sera entre nos mains."

"Lana Melville. Qui est-elle ?", interroge Jon, même s'il a déjà une petite idée.

Miranda se caresse le cou, comme pour débloquer ses cervicales. "J'attendais cette question. Ce n'est pas dans le dossier, effectivement. Elle doit entrer dans notre laboratoire au plus vite. C'est une question de la plus haute importance", explique Miranda en admirant la longueur et la forme de ses ongles, tout juste sortis de la manucure.

"Vivante et sans égratignures...", commente Jon, comme s'il récitait les instructions d'un mode d'emploi.

"Exactement. Le spécimen doit être intact."

"Qui est Diango Moussala ?", interroge Jon, adoptant la pose du penseur, ses coudes formant les piliers instables de sa réflexion tandis que ses doigts, enlacés l'un dans l'autre, se serrent jusqu'à blanchir, juste sous son menton pensif.

"Ah, Diango ? Ah, laissez-moi vous peindre le tableau de notre cher Diango. Imaginez, si vous le voulez bien, un homme dont la discrétion est telle qu'il pourrait vous passer entre les doigts comme du sable fin. Officiellement, il remporte la médaille d'or en tant que rabatteur de talents, non, pardon, de spécimens dans notre jargon. Il a cette mission, oh combien cruciale, d'accompagner le spécimen dans son appartement et de s'y installer nonchalamment, veillant sur votre précieuse livraison comme une mère poule, bien que le terme 'poule' lui donnerait trop de crédit," explique Miranda, son air soudain empreint d'une supériorité étudiée, la satisfaction grondant dans sa voix comme l'orage à l'horizon.

"Il devient quoi ensuite ?", s'enquiert Jon, le doigt tournant nonchalamment son anneau nasal, comme un capitaine anxieux jouant avec son compas.

Miranda arbore un sourire chargé d'espièglerie, comme une chatte qui aurait non seulement attrapé la souris mais aussi découvert l'accès à la réserve de fromage. "Il devient ce que vous voulez, Monsieur Jon. Un artiste incompris ? Une tragédie maritime ? Un jus passé au mixeur ? L'important, c'est qu'il disparaisse de la surface de cette planète", lance-t-elle avec une frivolité glaciale, son rire s'écoulant profondément, résonnant non comme le doux gargarisme d'une source mais plutôt comme l'écho d'une chute vertigineuse dans un puits sans fin.

Un courant d'air froid caresse subrepticement la nuque de Jon, lui rappelant que, dans ce jeu, les pions sont interchangeables et la partie, cruelle.

"Il a une tête à gagner un concours de beauté dans la catégorie 'Regard de tueur en série', non ?", commente Jon d'un ton railleur en faisant défiler du bout de ses doigts distraits des photos de Diango sur son portable.

"C'est un vrai professionnel. Restez sur vos gardes, monsieur Jon", prévient Miranda avec une nonchalance étudiée, tout en arrêtant son geste de coiffure, comme si ajuster sa chevelure pouvait repousser les tueurs en série.

Jon observe Miranda encore quelques secondes. Cette femme a quelque chose d'irréel. "Est-ce le moment où vous me dites que Lana Melville est la cousine éloignée d'un espion international ou quelque chose de tout aussi improbable ?", lance Jon, jouant distraitement avec son anneau comme si le destin du monde dépendait de son éclat.

"Ah, je reconnais là votre perspicacité, monsieur Jon. Pas exactement, mais vous n'êtes pas loin. Lana Melville est le premier spécimen 'interrupteur' jamais détecté", révèle Miranda, adoptant un air toujours, comme si elle s'apprêtait à dévoiler les secrets de l'Atlantide, potins mondains inclus.

Jon la suit du regard, un air perplexe peint sur son visage. "C'est quoi un interrupteur ?", demande-t-il, l'indifférence même tapie dans le coin de ses pensées. Il n'en a, en vérité, pas grand-chose à faire. Sa prime, en revanche, voilà quelque chose de tangible, de réel. Les interrupteurs, si ça se trouve, ça n'existe même pas dans son compte en banque.

Miranda, glissant vers lui à nouveau, telle une panthère en jupe crayon, pose sa main sur le crâne de Jon avec une douceur experte. "Un interrupteur, monsieur Jon, est quelqu'un qui peut guérir un zombie en le mordant", énonce-t-elle, sa voix s'enroulant dans une gravité tout à coup chargée de mystère et de promesses nocturnes.

Jon, qui n'a rien demandé, lève les yeux vers Miranda, un soupçon de curiosité piquée. "Et si elle se fait mordre ?", interroge-t-il, comme si la réponse allait de soi, mais qu'il tenait à honorer la conversation de son intérêt feint.

"Cette petite prétentieuse, c'est une véritable forteresse sur pattes, je vous assure", marmonne-t-elle tout en caressant affectueusement le sommet luisant du crâne chauve. "Manifestement, le monde des zombies, ce n'est pas vraiment votre tasse de thé, n'est-ce pas, mon cher monsieur Jon ?", constate Miranda, son agacement flirtant dangereusement avec l'exaspération.

"Pour moi, c'est à peu près aussi extraordinaire que si elle se baladait avec trois têtes ou une élégante trompe au milieu du visage", note Jon, un sourire malicieux accroché aux lèvres, tout en écartant doucement la main de Miranda de son sommet dépourvu de cheveux pour se redresser face à elle avec toute la grâce d'un danseur classique.

"Je vous observe depuis un moment, voyez-vous. Votre majestueuse démarche de diva, ces caresses prolongées et insistantes... Auriez-vous envie de baiser ? Vite fait ?", lance-t-il, provocateur, laissant Miranda visiblement prise au dépourvu.

ELLE MORD LES ZOMBIES !

"Monsieur Jon, je me demande vraiment où vous allez chercher de telles sottises !", rétorque-t-elle en capturant la main de Jon et en l'entraînant vers l'ascenseur qui doit les mener à sa chambre, située au premier étage, anticipant un tout autre niveau de raffinement et de volupté.

PAUL TOSKIAM

Les cadavres dans le salon 1

Appartement de Lana

Diango avance avec prudence, ses pas résonnant dans l'immensité de l'espace qui s'ouvre devant lui. Du sol au plafond, tout lui semble disproportionné : "Putain, c'est plus grand qu'une gare ici !", s'exclame-t-il, les yeux écarquillés, sa bouche formant un ovale parfait face à l'immensité du décor qui l'enveloppe.

Il progresse lentement, prenant le temps d'absorber chaque détail de ce lieu étranger, lorsque soudain, il se fige devant la grande double porte ouverte du salon. Plus un souffle ne s'échappe de ses lèvres. Le silence se fait oppressant, et une ombre envahit ses traits jusqu'ici détendus.

À quelques pas de là, Lana, visiblement épuisée et encore fragile, tente de regagner un semblant de force : "Diango, aide-moi à me relever s'il te plaît", articule-t-elle d'une voix faible, tremblante d'anxiété.

"Je ne peux pas", répond Diango dans un murmure à peine audible. Son regard rivé sur un point invisible dans le salon. Son corps semble paralysé, ses muscles tendus à l'extrême.

Lana observe ce changement soudain et radical chez son nouveau compagnon de fortune. Elle le voit alors lever les bras de manière mécanique. Diango fait un petit geste avec l'index de sa main droite, presque imperceptible. Lana observe ce doigt qui s'anime lentement, comme un serpent qui se déplie pour attaquer dans un va et vient sinueux. C'est presque avec horreur qu'elle comprend le geste : le pistolet ! Diango, transformé en statue de marbre par l'effroi, lui indique silencieusement que le moment de prendre son arme est venu.

Lana, le cœur battant et l'adrénaline colorant chaque seconde d'une intensité presque insupportable, saisit son pistolet. Elle enlève ses chaussures qu'elle dépose délicatement au sol dans un silence absolu. Elle s'accroupit, tente de maîtriser le tremblement de ses mains, et avance vers Diango en longeant le mur froid et interminable qui mène au salon. Chaque bruit amplifié par la tension, chaque ombre, pourrait être un ennemi tapi dans l'obscurité.

Les meubles, pourtant familiers, se dressent tels des spectres silencieux autour de Lana. Tout semble s'être arrêté dans une attente macabre.

Lana retient sa respiration, chaque parcelle de son être concentrée sur le silence le plus complet. L'atmosphère est si dense qu'elle pourrait presque être palpée. Un frisson glacé lui parcourt l'échine lorsque la respiration profonde et sinistre résonne à nouveau dans le salon, véritable écho macabre de celle entendue dans le parking. Le regard de Diango, livide, fixe un point invisible droit devant lui, capturé par une horreur muette que seul lui peut voir. Il est comme tétanisé, absorbé par l'indicible.

L'urgence pousse Lana à chercher un moyen de percer ce mystère sans se révéler. Ses yeux tombent sur son petit bol en bronze juché sur la commode, une surface suffisamment réfléchissante et déformante pour espionner ce qui se passe sans s'exposer. D'un pas feutré, elle s'avance, chaque mouvement calculé avec la précision d'une danse macabre, cherchant l'angle parfait pour dévoiler ce spectre à sa propre vue.

Si elles avaient encore fonctionné, ses caméras de surveillances réparties dans tout l'appartement lui auraient épargné cet instant d'angoisse supplémentaire. Quand le numérique a rendu l'âme, le retour à l'analogique est la seule option. Sa seule alliance, c'est son astuce et le faible reflet du petit bol en bronze. Elle ne distingue pas grand-chose à cette distance. La lumière qui entre par la fenêtre fausse l'image courbée sur le bol. Elle plisse les yeux et penche légèrement la tête. Dans un jeu d'ombres et de lumière, une forme floue, puis plus distincte se dessine presque à l'entrée du salon. C'est une silhouette grotesque qui s'impose, comme une terreur viscérale incarnée. La respiration est rauque, si lente qu'elle semble chaque fois être la dernière, évoquant un prédateur dans l'ombre à l'affût du moindre signe de faiblesse.

Levant les yeux vers Diango, Lana peut maintenant voir les marques de l'effroi pur sur son visage, les mains toujours levées en un geste de soumission face à l'indicible, une goutte de sueur perle comme un symbole de la terreur absolue. Face à cette image de Diango en pleine trouille, un colosse aux pieds d'argile, elle comprend qu'elle ne peut plus compter que sur elle-même. Son cœur martèle à tout rompre, ses tympans vibrent comme un moteur à plein régime. Le silence est si épais que même cette unique goutte sur le front de Diango semble résonner dans l'espace confiné, telle une ponctuation sinistre.

Soudain, quelque chose bouge. Le mouvement est si léger que seul l'instinct de Lana l'avertit. Son cœur bat encore plus fort, jusqu'à la douleur dans sa poitrine, comme un tambour qui voudrait la trahir et signaler sa présence. Elle doit réagir vite et avec intelligence, malgré la peur qui glace ses mouvements. Lana a l'habitude de repousser la peur, consciente qu'elle peut anéantir l'esprit. Mais certaines peurs sont simplement trop fortes, des peurs qui peuvent être mortelles.

L'air est saturé d'une tension insoutenable alors que Lana fixe avec horreur le salon devant elle. Ses yeux, écarquillés par la peur, cherchent désespérément à comprendre la scène qui se déroule sous ses yeux. Diango, auparavant paralysé par l'effroi, semble reprendre quelque peu ses esprits et échange un regard lourd de sens avec Lana. Ils partagent un instant silencieux, un accord tacite scellé dans l'adversité. Puis, avec une détermination soudaine, Diango commence à avancer lentement vers le salon, chacun de ses pas mesuré mais résolu.

Dans le salon, quelque chose bouge avec une lenteur calculée. La silhouette de Robert, le patron de Lana, se dessine peu à peu dans l'obscurité, son apparence grotesquement transformée par le mal qui l'a consumé. Ses membres sont déformés, son visage est une caricature de l'humanité, réduit à une expression de faim insatiable. Pire encore, son regard mort fixe Diango avec une intention évidente. Dans sa main, une arme pointe avec menace vers Diango.

Lana retient son souffle, impuissante, alors que Diango franchit les derniers mètres les séparant de l'horreur incarnée. Le silence pesant est brutalement interrompu par le tonnerre des détonations.

Des éclairs de lumière violente perforent l'atmosphère tandis que Diango est soudain pris sous une pluie de balles. Le corps de Diango se contorsionne sous l'impact, chaque balle le projetant en arrière comme une marionnette désarticulée.

Les yeux de Lana s'ouvrent davantage, si c'est possible, plongés dans une terreur abyssale. Elle voit Diango, son compagnon d'infortune, retomber lourdement au sol, le regard vide tourné vers elle. Un silence de mort suit la détonation finale, un silence qui enveloppe Lana d'une couverture froide d'isolement et de désespoir.

Dans cet instant suspendu entre l'horreur et l'instinct de survie, Lana sent une vague de froid glacial se propager dans ses entrailles, mais elle refuse de se laisser submerger par l'effroi. Diango, son compagnon malgré lui dans cette aventure cauchemardesque, gît à présent immobile, son sacrifice la laissant seule face à l'inimaginable.

Avec une lenteur presque douloureuse, elle redirige son pistolet vers le salon, ses yeux balayant l'espace à la recherche de cette ombre qui vient de lui arracher tout espoir.

Robert, ou plutôt ce qu'il est devenu, une créature grotesque et décharnée dont la seule présence dénature l'essence même de l'humanité, reste entre elle et la sortie, une barrière vivante à l'horreur indicible. L'être qui fut autrefois son patron et ami est méconnaissable, ses traits autrefois familiers déformés par une faim cruelle et insatiable. Comment est-il entré ? C'était lui dans le parking ?

Lana n'a plus le temps de trouver les réponses. Et elle sait qu'elle ne peut compter sur la pitié ou une quelconque reconnaissance de la part de cette chose. La transformation l'a vidé de tout ce qui faisait de lui un être humain. Pourtant, au fond d'elle, pousse une rage tenace, un refus de succomber sans se battre, une volonté de fer qui l'aide à surmonter la peur.

Robert avance maintenant vers elle, avec ses mouvements saccadés, c'est un spectacle macabre de ce qu'il fut. Son arme est baissée, comme si son intention n'était plus de tirer mais de consommer. Les lambeaux de ses vêtements flottent autour de lui, témoins muets de sa transformation monstrueuse.

Lana, malgré la peur qui la paralyse, se prépare. Ses doigts serrent le pistolet, l'acier froid lui donnant une maigre assurance. Elle respire profondément, tentant de calmer le tremblement de son corps. Chaque seconde lui semble une éternité tandis que Robert, ou ce qu'il en reste, se rapproche inexorablement.

Respirant profondément, elle serre son pistolet, son dernier lien avec une réalité où elle a encore le contrôle. Puis, s'élançant hors de sa cachette, elle vise le cœur de la monstruosité qui était Robert. Les balles fusent, leur déflagration brise le silence oppressant. Les balles traversent l'air en une trajectoire mortelle vers la cible. Robert s'arrête net sous l'impact, un grognement s'échappant de ses lèvres déformées.

Les projectiles atteignent leur cible, un à un, mais la créature semble d'abord ne pas en être affectée, continuant d'avancer avec une force morbide. Cependant, à mesure que les impacts s'accumulent, son pas se fait plus lourd, sa progression plus incertaine. Lana, malgré l'adrénaline qui pompe dans ses veines, ajuste son tir, visant les points où la créature semble la plus vulnérable.

Lana reste immobile, observant l'effet de son tir. La créature qui fut Robert vacille, lâche le pistolet mitrailleur qu'il tenait encore à la main, puis tombe lourdement au sol dans un bruit sourd. Elle reste figée, son propre pistolet toujours pointé droit devant, son corps vibrant de l'adrénaline et de l'horreur.

Finalement, avec un grognement guttural qui semble empli d'une rage primordiale, le corps de Robert s'effondre, inerte, sur le sol froid du salon. Lana, tremblante, abaisse son arme, scrutant les alentours avec suspicion. Le silence revient, aussi soudain qu'il avait été brisé, enveloppant de nouveau la pièce dans une atmosphère fantomatique.

Elle se précipite alors vers Diango, espérant contre toute attente un signe de vie. Mais il n'y en a aucun. Les larmes menaçant de s'échapper, elle cligne des yeux vigoureusement, refusant de leur laisser libre cours.

"Désolée, Diango. Je n'oublierai jamais ce que tu as fait," murmure-t-elle, sachant bien que les mots ne peuvent ramener les disparus. Les mots, sans doute pas. Mais une morsure, oui.

Ce que Lana croit être de la peur n'est en fait qu'une réaction incontrôlable de son corps. C'est une vague qui submerge tout son être et devient bientôt aussi irrépressible qu'une envie de vomir quand la digestion a complètement échoué. Cette vague la pousse irrésistiblement à mordre de la chair. Cette pulsion est maintenant devenue une évidence. Si évidente que Lana ne se demande même plus si elle est normale ou pas. Elle doit mordre. C'est une question qui ne se pose plus. Et le cou ensanglanté et dodu de Diango est un met des plus attirants. Comme un prédateur sur sa proie, Lana se penche vers Diango. Elle jette un regard de contrôle autour d'elle par instinct pour que personne ne vienne lui piquer sa prise. Elle plonge ses dents dans la chair encore fraîche, qui résiste, puis cède et se déchire sous la pression formidable de la mâchoire. Elle tient le cou de Diango à pleines dents. Le goût de cette chair qui sent la sueur et du sang abondant la replonge quelques secondes en enfance quand elle dévorait son dessert favori, en pleine extase. Elle secoue plusieurs fois la tête, vigoureusement, pour détacher un morceau de chair encore élastique.

Lana ferme les yeux pour profiter pleinement de ce moment de plénitude quand soudain elle entend un applaudissement derrière elle.

"Comme c'est touchant !", la félicite Jon en avançant vers elle depuis la pièce voisine.

ELLE MORD LES ZOMBIES !

Captive 1

Lana émerge lentement de l'emprise d'un cauchemar, son souffle saccadé résonnant dans la pénombre oppressante. Dans son rêve, elle traversait une rue plongée dans un silence de tombe, ses bras désespérément agités en quête d'attention, sa voix éraillée par des appels à l'aide ignorés par les ombres fantomatiques qui la frôlaient sans jamais la percevoir.

Son réveil est brutal, une sensation de froid glacial enveloppe son corps. Son regard, encore voilé par la confusion du sommeil, balaie lentement l'espace confiné dans lequel elle se trouve. Ce n'est pas sa chambre. La faible lumière vacillante d'une lune pâle filtre à travers une petite fente de la fenêtre, située à une hauteur décourageante, juste assez pour révéler la vérité sinistre de son environnement.

La pièce est dominée par une colonne de béton brut, son aspect austère est accentué par les flaques d'un liquide visqueux qui parsèment le sol de béton froid. Ce n'est définitivement pas de l'eau. La lueur fantomatique de la lune confère à ce liquide une teinte presque surnaturelle, comme si chaque flaque était une empreinte laissée par d'anciens occupants de ce lieu lugubre.

Lana découvre qu'elle repose non pas sur un lit, mais sur une planche de bois brut, dépourvue de toute douceur, posée sur une caisse en bois. Aucun confort, juste la dure réalité de cet endroit qui manque d'air et sent le renfermé. L'inconfort du bois contre sa peau lui rappelle cruellement qu'elle est loin de chez elle, loin de la sécurité.

Alors qu'elle tente de masser sa nuque raidie, le son métallique froid d'une chaîne attire son attention. Son cœur rate un battement lorsqu'elle découvre le bracelet de fer qui enserre son poignet, relié à l'apparence luisante de la chaîne. Une seconde chaîne, tout aussi implacable, entrave sa cheville, ajoutant à son désespoir.

D'un bond, Lana se jette hors de ce lit de cauchemar, les chaînes s'entrechoquent dans un concert sinistre, accompagnant chaque mouvement de leurs cliquetis stridents. Son cœur bat à tout rompre, chaque fibre de son être crie d'effroi alors qu'elle réalise l'ampleur de sa captivité.

L'espace est confiné, mais chaque coin semble caché dans une pénombre menaçante. Le vent à l'extérieur et la faible lumière de la lune dessinent des ombres danseuses sur les murs nus, transformant chaque imperfection en un visage spectral qui l'observe. Lana sent un frisson glacé parcourir tout son corps alors qu'un murmure, presque imperceptible, semble se frayer un chemin à travers le silence.

Elle se fige. La terreur s'empare d'elle tandis qu'elle oscille entre la peur de l'inconnu qui la guette dans les ténèbres et le désespoir brutal de sa situation. Chaque souffle devient un combat, chaque battement de son cœur une résonance métallique qui se mêle au cliquetis des chaînes qui la lient à cet enfer.

Où est-elle ? Que fait-elle dans cette pièce ? Mais surtout, qui est là tout près d'elle ?

Dans l'ombre, quelque chose l'observe, patient, insatiable.

Le bruit des chaînes ne provoque aucun écho prolongé et est vite étouffé. Lana sait que la pièce n'est pas immense. Elle voulait vérifier la longueur de ces chaînes mais cette voix douce quelque part près d'elle dans la pénombre lui glace le sang.

"Qui est là ?", demande Lana sans hausser la voix et sans faire tinter ses chaînes.

Le crépitement des chaînes s'arrête brusquement, remplacé par le silence oppressant de la pièce sombre où Lana se trouve. L'air est chargé d'un parfum de moisi et d'humidité qui colle à la peau. Elle peut presque sentir la poussière qui flotte dans l'air, visible seulement lorsqu'un rare faisceau de lumière perfore l'obscurité à travers une fissure du plafond. La pièce, pense-t-elle, ressemble plus à une cellule qu'à une chambre, ses murs érodés suintant d'une froide humidité.

"Qui est là ?" répète-t-elle, sa voix tremblante trahissant sa peur croissante, tout en s'efforçant de rester aussi silencieuse que possible.

Aucune réponse. Seulement le silence, puis un léger grincement, comme le craquement d'une porte rouillée s'ouvrant lentement. Lana retient son souffle, ses oreilles bourdonnantes tentant de saisir le moindre son.

Soudain, un murmure, si bas qu'elle le sent plutôt qu'elle ne l'entend. "Ne bouge pas," dit la voix, douce, presque caressante, se rapprochant lentement d'elle.

L'espace confiné semble se resserrer autour de Lana. Elle sent son cœur battre à tout rompre, chaque battement résonnant dans ses oreilles comme le tambour du jugement dernier. Sa main cherche à tâtons quelque chose, n'importe quoi, pour se défendre. Ses doigts frôlent une pierre froide et rugueuse, détachée du mur. Elle la saisit, serrant si fort que le tranchant de la roche entame sa paume.

Le son d'une respiration lourde et saccadée lui parvient maintenant clairement. Quelqu'un ou quelque chose est avec elle dans l'obscurité. La peur se transforme doucement en horreur alors que la présence semble tout près, presque à portée de main.

Puis, un souffle chaud contre son visage. Lana se fige, la pierre levée dans une main tremblante. "Pourquoi es-tu ici, Lana ?". La voix est maintenant un chuchotement, un frisson presque douloureux s'élevant le long de sa colonne vertébrale.

Cherchant à se contrôler malgré un tremblement naissant, Lana répond d'une voix éraillée, presque méconnaissable : "Laissez-moi partir, s'il vous plaît. Je ne dirai rien à personne."

Un rire faible, presque triste, répond à sa supplique. "Oh, Lana, tu ne comprends pas encore, n'est-ce pas ? Tu fais partie du jeu maintenant."

ELLE MORD LES ZOMBIES !

Ces mots la frappent comme un coup de tonnerre. Un jeu ? Est-ce cela sa réalité à présent ? Lana sent des larmes de frustration couler le long de ses joues, alors que l'ombre se rapproche encore, enveloppant tout espoir dans son voile terrifiant. Une nouvelle lumière très pâle et inconstante s'infiltre par la fissure du plafond qu'elle vient de remarquer, projetant sur les murs suintants des ombres vacillantes. Lana sent la fraîcheur des murs de pierre s'insinuer sous sa peau, comme si chaque pierre voulait lui arracher la chaleur de son corps fragilisé. Le sol est un patchwork irrégulier de dalles glacées qui amplifient le moindre son jusqu'à le transformer en écho spectral. L'obscurité semble absorber tout espoir, chaque recoin pourrait dissimuler un danger imminent.

Le souffle contre son visage persiste, chaud et irrégulier, signifiant la proximité de son observateur invisible. Lana, la pierre toujours en main, ose à peine respirer ; chaque mouvement pourrait être son dernier. La voix reprend, le ton à présent moqueur, "Ce n'est que le début, Lana. Tu dois encore découvrir les règles."

Elle frissonne, chaque mot prononcé ressemblant à une sentence. Ce n'est pas juste la peur de l'inconnu qui la tenaille, mais la certitude que quelque chose de bien plus sinistre se cache dans les ténèbres avec elle. Lana tente de localiser la source de la voix, ses yeux s'habituent péniblement à la noirceur. Soudain, elle perçoit un mouvement à sa gauche, une silhouette esquissée mais presque invisible. La peur monte en elle comme une marée.

Le bruit de ses chaînes résonne dans la pièce tandis qu'elle recule brusquement, son dos heurtant le mur froid. Elle serre la pierre, son seul semblant d'arme, prête à se défendre. La silhouette avance doucement, détaillant les contours d'un être maigre et haut, ses mouvements semblant flotter à travers l'air vicié.

"Qui êtes-vous ? Pourquoi êtes-vous là ?", articule Lana, sa voix brisée par la terreur. La figure s'arrête, à peine discernable. "Je suis ici pour guider ton voyage, Lana. Nous jouons tous les deux, mais ce sont les règles que tu dois apprendre. Chaque choix a son écho. Chaque mouvement te rapproche de la fin... ou du commencement."

Lentement, la silhouette s'approche encore, ses traits devenant légèrement plus clairs sous la faible lumière. Lana peut voir maintenant quelqu'un aux yeux brillants d'une lumière froide, un sourire étrangement articulé étirant ses lèvres fines.

"Tu n'as pas encore choisi, Lana. Veux-tu jouer ?". La voix est douce comme le miel, presque séduisante, mais Lana ne se laisse pas tromper. Elle sait que sa survie dépend de sa capacité de discernement. Ce qui semble irréel est certainement une menace dont elle doit se méfier.

À cet instant, une vague lumière illumine brièvement un coin de la pièce, révélant une porte métallique rouillée qu'elle n'avait pas remarquée. Espérance et désespoir se bousculent dans son esprit. La porte pourrait être sa sortie, mais atteindre cet espoir visible s'apparente à traverser un gouffre menaçant.

La figure se déplace légèrement, bloquant partiellement sa vue de la porte. "Le chemin n'est jamais direct, Lana. Regarde autour de toi, tous ont un choix. Mais tout choix entraîne des conséquences."

Dans un mouvement presque désespéré, Lana lance la pierre vers la silhouette, espérant gagner quelques secondes précieuses. La pierre traverse l'air avec un sifflement et frappe sa cible. Un cri étouffé résonne, recouvert presque immédiatement par un son sec et sourd - la pierre qui rebondit sur le mur.

Profitant de l'instant de confusion, Lana se précipite vers la porte, suivie du cliquetis furieux de ses chaînes. Elle attrape la poignée, ses mains tremblantes à peine capables de saisir le métal froid, et tire avec toute la force qui lui reste.

La porte résiste, les gonds rouillés grondant sous son effort. Lana tire encore, son souffle devient rauque, la peur et l'adrénaline mélangeant leurs effets en un tourbillon vertigineux.

Avec un grincement de métal contre métal, la porte cède soudainement, s'ouvrant sur un escalier. Sans réfléchir, elle grimpe les marches deux par deux et arrive au début d'un autre couloir sombre, étroit et humide, un nouveau labyrinthe tout aussi lugubre : sa voie vers la potentielle liberté.

Lana n'a pas le choix. Elle avance, mais ses chaînes la retiennent et la renversent en arrière. Elle se rattrape avec des gestes des bras et retrouve son équilibre en s'aidant des murs. Elle comprend que la longueur de ses chaînes ont été calculées exactement jusqu'au début de ce couloir maudit. Quel esprit pervers a pu organiser ça ? Un esprit qui s'y connaît. C'est comme d'avoir prévu deux chaînes : une au pied et l'autre au poignet. Ça augmente le prix de la liberté. On peut accepter de sacrifier un pied ou une main, mais rarement les deux. Et puis elle n'irait pas bien loin ainsi diminuée. Aucun doute : son geôlier est un expert.

Lana tire sur ses chaînes avec le désespoir de celle qui sait que ça ne servira à rien. Tout a été calculé pour lui donner de l'espoir, seulement de l'espoir. Elle commence à comprendre cette histoire de jeu morbide. Elle la comprend, mais ne l'accepte pas. Impossible de rester là les bras croisés. Elle doit sortir. Elle doit absolument trouver le moyen de partir de cet endroit. Car elle sent que les choses pourraient vite se compliquer pour elle. Et toujours cette envie de mordre. De plus en plus forte. Comme une envie de pisser arrivée au stade ultime : impossible à retenir.

Lana glisse et tombe, emportée par ses chaînes qui se replient vers l'intérieur de la pièce.

"Viens avec moi, Lana", dit la voix alors que les chaînes de Lana se replient encore, la tirant irréversiblement vers le centre de la pièce, près de la colonne.

Lana distingue à présent la silhouette de celle qui parle dans la pièce et qui tire ses chaînes pour la faire venir à elle.

"Je m'appelle Lucia. Viens, n'aies pas peur Lana", dit Lucia en tirant encore plus fort sur les chaînes de Lana. Lucia serre plus fort les chaînes, attirant Lana contre la colonne froide et implacable de béton. Sa voix est un murmure chargé d'urgence. "Jon sera là d'un moment à l'autre. Nous devons être prêtes."

Lana, le souffle court, fixe Lucia dont les yeux brillent d'une lueur déterminée, presque fébrile. "Prêtes pour quoi ? Jon, c'est... c'est qui Jon ? Que veut-il de nous ?". Sa voix est haletante, tremblante.

Lucia jette un regard nerveux vers la porte par laquelle Lana a tenté de s'échapper. "Jon... c'est notre cauchemar. C'est un business pour lui, tu comprends ? Un jeu tordu, et nous sommes ses servantes dociles", elle marmonne ces mots avec une rancœur palpable.

Un grincement sourd, cette fois de l'escalier, coupe la conversation. Les deux femmes se figent, leurs corps tendus comme des arcs prêts à être lâchés. Lana sent son cœur tambouriner contre sa poitrine, si fort qu'elle craint qu'il ne révèle leur position.

La lumière d'une lampe torche illumine soudain le couloir, projetant des ombres grotesques et dansantes sur les murs humides et décrépits. Jon avance, la lumière balayant la pièce jusqu'à ce que ses faisceaux captent les deux femmes.

Lana, les yeux écarquillés, observe l'homme qui se tient à l'entrée de la pièce. Il est grand, ses épaules larges presque en porte-à-faux avec le reste de son corps maigre. Son crâne est chauve et il porte un anneau dans le nez qui ne fait qu'ajouter à son air menaçant. Jon affiche un sourire malsain, ses dents semblant briller anormalement dans la lumière de sa lampe.

"Ah, je vois que vous faites connaissance. Parfait". Sa voix est rauque, chaque mot distillant une menace voilée. Il fait quelques pas dans la pièce, la lumière de sa torche plaquant des ombres effrayantes contre les murs.

Lucia, son visage maintenant baigné par la lumière crue, regarde Jon avec défi. "Qu'est-ce que tu nous veux, Jon ? Pourquoi nous fais-tu ça ?", sa voix monte d'une octave, vibrante de colère et de peur.

Jon rit, un son bas et grondant qui semble se fondre avec les murmures d'ombre de la pièce. "C'est le jeu, mes chères. Le jeu de la survie. Et vous, vous allez jouer maintenant." Il sort de sa poche un vieux dé en métal et le lance sur le sol de béton où il rebondit avec un claquement sinistre.

"Le jeu commence dès que ce dé s'arrête". Jon fixe les deux femmes avec une intensité brûlante. "Pair, c'est au tour de Lucia, impair c'est pour toi, Lana. Prêtes ?"

Lucia et Lana échangent un regard rapide, un mélange de terreur dans leurs yeux. Lana sent les chaînes entraver ses mouvements alors qu'elle se prépare à découvrir les règles macabres de ce jeu pervers.

Le dé claque une dernière fois contre le sol avant de révéler un chiffre : trois.

Jon sourit à nouveau, satisfait. "Trois. Oh, c'est un bon numéro, mes belles. Cela signifie que Lana va avoir droit à sa première prestation", dit-il en éblouissant le visage de Lana avec sa torche.

Les mots de Jon sèment une panique glacée dans l'air déjà froid. Lana se protège les yeux avec les mains, faisant tinter ses chaînes, et regarde frénétiquement autour d'elle, ses yeux balayant la pièce, tandis que les battements de son cœur résonnent comme le tic-tac d'une horloge. Des gouttes de sueur perlent sur son front, chaque seconde écoulée ajoutant une couche de désespoir à son esprit éprouvé.

"Nos clients ne vont plus tarder. Je reviendrais te chercher le moment venu", dit Jon avec un sourire carnassier.

Prise de désespoir, Lana fonce sur lui pour le mordre. Mais d'un violent coup de poing au plexus, il la terrasse au sol. Jon la contemple à l'aide de sa torche alors qu'elle gémit au sol les genoux repliés sur son thorax, prise d'une douleur et d'une suffocation intenses.

"Prends soin d'elle", ordonne Jon en direction de Lucia alors qu'il quitte la pièce en refermant la porte derrière lui à double tour.

Les cadavres dans le salon 2

Appartement de Lana

Lana s'enveloppe dans un silence presque irréel, savourant chaque instant de ce rare moment de quiétude. Elle laboure le cou de Diango sans même aucune pensée pour la perturber. Seules ses morsures occupent son esprit. Mais cette tranquillité est brisée par des applaudissements soudains et sinistres, résonnant avec une clarté glaçante dans l'espace confiné.

"Comme c'est touchant !" Jon émerge des ombres de la pièce voisine, un sourire narquois sculpté sur ses lèvres. Il avance lentement, chaque pas mesuré créant un écho qui martèle le cœur de Lana.

D'une voix sourde et enrouée, Lana questionne tout en maintenant sa prise ferme sur Diango, dont le corps se raidit sous la tension. "Qui êtes-vous ?", grogne-t-elle les dents encore serrées sur le cou de Diango, le soulevant à quelques centimètres du sol. Lana prononcé ces mots machinalement, trop concentrée sur Diango. Elle a évidemment reconnu ce crâne chauve, un peu pointu sur le dessus, et cet anneau dans le nez. Pourtant, la peur s'est éclipsée, remplacée par une vague montante de puissance brute, pulsant à travers ses veines comme un torrent déchaîné.

Jon, immuable, son expression maintenant gravée d'un sérieux menaçant, offre nonchalamment : "Oh, pardon, je vous ai interrompue. Allez-y, je vous en prie. Continuez." Son intérêt pour la scène devant lui est palpable, presque malsain.

Lana lâche Diango, qui s'écroule dans un bruit sourd, et se redresse lentement, son regard fixé sur Jon. Ses yeux, autrefois chaleureux, brillent désormais d'un vert émeraude toxique, rayonnant d'une lumière presque surnaturelle. Elle fait un pas en avant, ses mouvements semblent déformer la réalité autour d'elle, comme si l'air même craignait de la toucher.

"Que faites-vous chez moi ?". Sa voix est un murmure menaçant, portant un poids qui semble faire trembler les murs.

Jon, qui révèle avec une lenteur provocante un pistolet aux proportions grotesques, son canon luisant sous la faible lumière, fixe Lana avec un calme qui rivalise avec la tempête déferlante en elle. "N'approchez pas trop, Lana. Je ne voudrais pas devoir vous esquinter avant même de vous connaître", dit-il, son ton aussi froid que la mort elle-même.

Le temps semble suspendu alors que Lana, avec chaque fibre de son être pulsant d'une force brutale inconnue, évalue la situation. Elle sent sa force se décupler encore à chaque seconde. Elle a l'impression qu'elle va se mettre à léviter et à traverser les murs.

"Comment connaissez-vous mon nom ?", demande Lana, la bouche sanglante, continuant d'avancer vers Jon.

"Ne m'obligez pas à tirer", menace Jon en armant son pistolet et en le pointant droit sur la tête de Lana. Il n'a aucune intention de tirer. Cela abîmerait son précieux butin et ruinerait tous les efforts qu'il a consentis pour se l'approprier.

Pourtant les mots de Lana tombent comme un couperet dans la pièce assombrie, "Vous devriez partir car je vais vous mordre". Sa voix est un murmure guttural, presque inhumain, et ses yeux injectés de cette lueur verte fixent Jon avec une intensité glaciale.

Jon, le cœur tambourinant dans sa poitrine, saisit instinctivement son pistolet et le braque vers Lana qui se rapproche inexorablement. Les muscles de son visage se tendent dans une expression à la fois déterminée et terrifiée. Il tire résolument, mais Lana, avec une agilité surnaturelle, se dérobe.

Comment ? Ses mouvements sont trop rapides, trop fluides. Une esquive presque surnaturelle. Jon, un vétéran des chasses de zombies, ne peut que constater qu'il se trouve face à un adversaire d'une tout autre envergure. Il pensait avoir tout vu. Mais les mutations qu'il a connues n'étaient rien comparées à ce spectacle.

La peur vient de changer de camp et se propage dans les veines de Jon comme du poison. Jon ne tente plus de préserver son butin, mais sa propre vie. Il ajuste sa prise et déclenche une série de tirs, des rafales désespérées qui déchirent l'air. Lana danse entre les balles, ses mouvements sont un mélange pervers de grâce et de menace, chaque pas est un défi aux lois de la physique.

Le son métallique du chargeur vidé claque dans le silence oppressant qui se referme sur eux. Jon, avec des gestes fébriles, recharge son arme. Lana, elle, continue son ballet macabre, se jouant des balles avec une facilité déconcertante. Elle bondit, roule, ses pieds touchant à peine le sol avant de s'élancer à nouveau, comme un prédateur dans l'arène.

Épuisé, Jon jette son pistolet et extirpe de son manteau un mitrailleur lourd. Les détonations remplissent l'espace, un ouragan de sons et de fureur cadencé par les éclairs de chaque tir. Pourtant, Lana continue de se mouvoir avec une aisance démoniaque, ses mouvements deviennent un défi constant.

En un éclair, elle est sur lui. Ses doigts, froids et implacables, se serrent autour de sa gorge. Jon est soulevé du sol, ses pieds battent l'air, son visage devient cramoisi sous la pression de sa prise. La peur creuse ses traits, amplifiée par la proximité des yeux verts flamboyants de Lana, comme des fenêtres vers un abîme sans fond.

"Lana. Arrêtez ! Je suis votre ami !", s'étrangle Jon avec sa gorge compressée, sa propre salive devient une ennemie qui l'étouffe davantage.

Lana le secoue, une réprimande silencieuse pour le raisonner. Sa main autrefois humaine se resserre, ses ongles s'enfonçant progressivement dans sa peau. Elle le secoue encore pour le calmer et qu'il se taise. Elle n'a qu'une seule envie à cet instant précis, qu'une seule idée dans son esprit, unique, simple : le mordre.

ELLE MORD LES ZOMBIES !

Jon, l'air désespéré, tente une dernière manœuvre dans un soupir d'agonie. Il lui murmure quelque chose, un mot, un nom, celui de la seule personne que Lana n'ait jamais aimé. Son corps se fige, ses muscles se relâchent légèrement. L'éclat vert dans ses yeux vacille comme une flamme sous un vent soudain. "Vivian", exhale-t-il, évoquant la mémoire de sa sœur disparue.

Le visage de Lana s'adoucit, une larme se forme au coin de son œil émeraude. Elle baisse doucement Jon au sol, son cerveau tournant à toute vitesse, divisé entre la rage et la douleur du souvenir. Jon en profite pour agir rapidement : d'un geste vif, il sort de son manteau un dispositif ressemblant à une seringue et le presse contre le cou de Lana.

Immédiatement, un sédatif puissant se répand dans le système de Lana, courant dans ses veines comme un antidote à son pouvoir. Ses yeux perdent leur lueur surnaturelle, et ses genoux flanchent. Jon la soutient, la guidant doucement vers le sol pour éviter qu'elle ne s'effondre brutalement.

"Je suis désolé, Lana, c'était nécessaire", dit Jon avec un ton plus doux, presque coupable. Il observe son ancien adversaire dont le regard se trouble, maintenant vulnérable et confus. Elle murmure quelque chose d'incompréhensible, sa conscience glissant dans l'obscurité.

Avec précaution, Jon attache rapidement les poignets de Lana avec des menottes spéciales, conçues pour contenir ceux de sa sorte. Il respire profondément, le soulagement se mélangeant à une étrange culpabilité. Il fait un pas en arrière, observant Lana maintenant inconsciente, déchiré entre son devoir et une compassion inattendue.

Une équipe d'intervention, prévenue par un signal discret envoyé par Jon dès le début de leur confrontation, fait irruption dans la pièce. Ils sécurisent la zone rapidement, jetant des regards à la fois craintifs et experts. Jon est un professionnel. Il sait que les imprévus peuvent casser son business en un clin d'œil.

Il remet ses armes en place et se recoiffe. Non, vraiment non, il ne se recoiffe pas. Il n'arrive pas à se débarrasser de ce geste sur des cheveux fantômes.

Jon donne les dernières instructions, assurant que Lana soit traitée avec respect et précaution. Malgré tout, une partie de lui ne peut s'empêcher de se sentir trahi par ses propres actions, ayant dû neutraliser quelqu'un qu'il aurait, dans un monde différent, peut-être pu appeler amie.

"On fait quoi des deux autres ?", demande le chef d'équipe en désignant les corps de Robert et de Diango.

Jon ricane quelques secondes. Il ne s'attendait pas à trouver Diango, le rabatteur expérimenté, ratatiné comme ça, juste bon à servir pâté à zombie. Il soupire et claque des doigts avec nonchalance pour ordonner de les passer à l'acide.

Alors que Lana est emmenée, Jon reste un moment seul, contemplatif, regardant l'espace vide qu'elle avait occupé. Il murmure pour lui-même, une promesse ou peut-être une confession : "Peut-être, un jour, comprendras-tu que c'était pour ton bien." Avec cette pensée, il tourne les talons et quitte la pièce, son cœur lourd mais sa conscience claire, prêt à faire de cette nouvelle capture la pièce maîtresse de son catalogue.

ELLE MORD LES ZOMBIES !

79

Captive 2

Sous-sol d'une maison

Lana gît sur le sol froid et humide, ses cheveux blonds collant de désespoir à son visage pâle. Sa respiration est courte, hachée, comme si chaque inspiration était un combat. Les pénombres de la pièce abandonnée dans laquelle elles se trouvent filtrent à peine à travers les fissures des fenêtres barricadées, jetant des ombres sombres sur son visage défait.

Soudain, une silhouette se dessine dans la pénombre. Lucia s'avance lentement, le gravier crissant sous ses pas déterminés. Oui, c'est une astuce de Jon pour savoir quand il y a du mouvement dans la pièce. Elle s'accroupit près de Lana, la lumière d'une lampe torche dessinant des halos tremblants autour d'elles.

Lucia tend les bras et enveloppe Lana dans une étreinte qui se veut réconfortante, mais qui trahit une urgence sous-jacente, une fébrilité presque palpable. Sa voix est une muraille contre la peur, forte mais infusée d'une inquiétude qu'elle ne peut tout à fait masquer. "Ne t'en fais pas, je vais t'aider," murmure-t-elle, ses mots chargés d'une promesse lourde de conséquences.

Lucia aide Lana à se relever, ses mains fermes mais douces sur ses épaules tremblantes. "Ne te laisse pas abattre. Je suis passée par là aussi." Son regard capte celui de Lana, brillant d'un mélange de défi et d'espoir. "Je crois qu'il y a un moyen de sortir d'ici." Un sourire malin éclaire brièvement son visage, mais il y a quelque chose de furtif, d'insaisissable, dans cette expression.

Lana, stabilisant ses jambes faibles, fronce les sourcils, l'incrédulité teintant sa faible voix. "Mais qu'est-ce que tu fais là toi ? Tu es là depuis quand ?". Sa confusion se mêle à un soupçon grandissant, ses yeux scrutant les ténèbres à la recherche de réponses qui se dérobent dans l'obscurité oppressante de la pièce.

Le silence qui suit est chargé d'un poids tangible, chaque respiration semblant amplifier le frémissement de l'air vicié, chaque mouvement projetant des ombres qui dansent sur les murs décrépits. Lucia maintient son regard sur Lana, un mélange complexe de détermination et de secrets non-dits peignant ses traits éclairés à la lueur vacillante de la torche.

La lumière vacillante du plafonnier grince faiblement, projetant des ombres dansantes sur les murs suintants d'humidité de la pièce exiguë où Lucia et Lana sont piégées. Une unique couverture crasseuse est jetée dans un coin, absorbant l'odeur de moisi et de renfermé qui imprègne l'atmosphère.

"Ça n'a pas d'importance. Ce qu'il faut, c'est sortir d'ici. Sinon...". La voix de Lucia s'étrangle, son regard se perdant dans le loin, accrochant un coin sombre où quelque chose grouille peut-être.

"Sinon quoi ?". Lana se penche en avant, une lueur d'espoir ravivant son visage pâle et cerné.

"Sinon, tu vas servir d'esclave à ce maniaque dégénéré". Le rire de Lucia éclate, strident et terrifiant, résonnant contre les murs nus. C'est un son qui semble empli d'une folie rampante, marquant l'enveloppe de leur désespoir.

"Tu sais qu'il m'a suivie ? Je ne sais pas comment il est entré chez moi. Tout est allé si vite". Lana frissonne, ramenant ses bras autour de ses genoux. Chaque mot fait remonter des images – des flashs d'une silhouette en marge de sa vision, des claquements de portes à minuit, une présence oppressante et insaisissable.

"Ne t'en fais pas, ma chérie. Je suis dans la même situation que toi. Et crois-moi, si tu voulais savoir à quoi ressemble l'enfer, alors bienvenue !", s'exclame Lucia en ouvrant les bras en un geste tragique vers leur prison, le grincement de ses chaînes se mêlant au soupir du vent qui s'infiltre par les interstices de la fenêtre cassée.

"Il y a un moyen d'appeler la police ?", demande Lana en parcourant la pièce du regard, ses yeux élargis d'espoir cherchant désespérément un signe de salut parmi les débris et les vieux journaux éparpillés.

Lucia la fixe, son visage se durcissant. Puis, son rire explose à nouveau, brutal et dénué de joie. "La petite fille veut appeler la police ? C'est tout ce que tu as trouvé ?". Elle s'arrête brusquement quand Lana commence à se contorsionner, ses yeux révulsés, son corps convulsant de manière incontrôlable.

"Non, Lana !", crie Lucia en se précipitant vers elle. Lana se tord sur le sol froid et sale, son corps semble se débattre contre une force invisible. Soudain, elle se redresse, poussant un grognement guttural et bestial, et se jette sur Lucia, ses bras tendus vers elle comme des serres.

Dans l'éclairage tamisé de la cave exiguë, l'air est lourd, saturé d'une odeur métallique, semblable à celle du sang séché. Le sol est jonché de vieux journaux et de débris, crépitant à chaque mouvement brusque. Lucia repousse violemment Lana, lui assénant des coups de poing et des coups de pied avec une férocité désespérée.

Soudain, Lana charge, telle une bête sauvage. Les deux femmes se jettent l'une contre l'autre dans une étreinte brutale, leurs corps projetés dans une lutte sans merci.

Au milieu de ce chaos, Lucia réussit à porter un coup de pied précis en direction de la tête de Lana. Le choc détourne son regard et Lucia y croise, horrifiée, le reflet d'une lueur surnaturelle : les yeux de Lana brillent d'un vert incandescent, chassant les ténèbres environnantes. Leurs pupilles allongées et fines, similaires à celles d'un félin nocturne, transpercent Lucia avec une intensité glaciale, telle des lames prêtes à l'atteindre.

Paniquée, Lucia recule, trébuchant sur les chaînes qui entravent ses mouvements. Avec un grondement furieux, Lana se lance à sa poursuite, ses pas résonnant sur le plancher comme le battement sinistre d'un tambour de guerre. Par un effort surhumain, Lucia réussit à esquiver et à saisir la tête de Lana, la projetant contre l'arête tranchante de la planche qui leur sert de lit. Un craquement grotesque se fait entendre quand les dents de Lana se plantent dans le bois. Elle mord avec une telle force que des gouttes de sève amère suintent du matériau desséché.

Profitant de cette distraction, Lucia bondit, grimpe sur le dos de Lana et, avec une rapidité presque animale, utilise ses chaînes pour enserrer le cou de son adversaire. Enlaçant le métal froid autour de la gorge palpitante, elle serre, sentant la résistance désespérée de Lana qui se débat, tentant de reprendre son souffle dans un sifflement terrifiant.

Les muscles de Lucia s'engourdissent sous l'effort, chaque fibre criant la douleur et force brute. Soudain, Lana parvient à articuler d'une voix rauque, presque inhumaine : "Arrête... Arrête..."

Lucia, le souffle haletant, hésite. Elle serre encore un instant, avant de desserrer légèrement les chaînes, permettant à une bouffée d'air de réanimer Lana qui tousse violemment, crachant l'air comme si elle libérait son âme même.

Là, à peine audible au-dessus du bruit de leurs respirations saccadées, Lana murmure : "Je... désolée... Je ne peux pas le contrôler...". Ses cheveux, lourds de sueur, collent à son visage, tandis qu'elle éloigne quelques mèches de ses yeux encore lumineux de terreur.

Dans cet instant suspendu, Lucia, le cœur battant à tout rompre, sent l'horreur et la pitié se mêler à sa rage.

Lucia avance à pas feutrés dans l'obscurité de la pièce abandonnée, ses prunelles capables de distinguer à peine les contours déformés des objets autour d'elle. L'air est chargé d'une odeur de moisi et de vieux fer. Avec une douceur presque maternelle, Lucia s'agenouille à côté de Lana, ses mains tremblantes commencent à manipuler les chaînes lourdes. "Ne t'en fais pas, petite", murmure-t-elle d'une voix où se mêlent la peur et l'espoir. Mais son timbre trahit une anxiété latente que Lana peut percevoir même à travers son brouillard de douleur.

"Ne pleure pas, on va s'en sortir", console Lucia. Les maillons métalliques cliquettent sinistrement alors qu'elle tente de les défaire.

Chaque bruit semble un coup de tonnerre dans ce lieu de désolation. Lana, assaillie par la douleur et la peur, sent les chaînes se desserrer légèrement autour de son cou. Sa poitrine se soulève enfin plus librement, aspirant de grandes bouffées d'air frais qui piquent ses poumons endoloris.

"Excuse-moi. Je ne sais plus où j'en suis. Je suis complètement perdue. Je ne sais pas où j'ai choppé cette merde...", se lamente Lana en levant les bras au ciel comme pour implorer une force supérieure invisible.

Lucia reste silencieuse, son regard est intense et scrutateur, comme si elle cherchait à percer les pensées de Lana les plus profondes. La pièce sombre où elles se trouvent amplifie la tension. Le seul éclairage provient d'une ampoule qui pend du plafond, oscillant légèrement après leur combat, projetant des ombres fuyantes sur les murs suintants d'humidité. Lana frissonne, sentant le poids du regard de Lucia et l'atmosphère oppressante de cette cave.

"Quoi ? Qu'est-ce qu'il y a ?", demande Lana, sa voix trahissant une pointe d'anxiété.

"Non, rien. Tu es spéciale, c'est tout."

"Spéciale ? Pourquoi tu dis ça ?"

La réponse de Lucia semble flotter un instant dans l'air humide et froid. "Je ne sais pas... Ta façon de bouger. C'est trop rapide, trop... surnaturel."

Lana esquisse un sourire forcé. "Oui, ce truc qui m'arrive me fait bouger à très grande vitesse. Quand ça me prend, c'est comme si j'avais des turboréacteurs accrochés aux fesses !", confie-t-elle avec un rire nerveux qui s'échappe de ses lèvres.

Elles rient ensemble, brisant brièvement la tension, mais le rire meurt aussi vite qu'il est apparu, étranglé par le grave aveu de Lucia. "Moi, quand je mords un zombie, il guérit."

Lana cille, perplexe. "Je ne comprends pas...".

"Tu crois que tu es là pourquoi, à ton avis ?", la provoque Lucia, sa voix teintée d'une note presque accusatrice.

Les chaînes cliquettent doucement alors que Lana bouge, cherchant le confort dans ses liens métalliques. "Il me fait mordre des zombies, à la chaîne, pour les ramener à leur état d'origine...", dit Lucia, la voix chargée de désespoir.

"Tu les répares ?", conclut Lana. Elle capte soudain la raison de sa propre présence, son regard s'écarquillant sous le choc de cette réalisation.

"Exactement, mais chaque morsure m'épuise... J'absorbe leur poison et j'ai besoin de plusieurs jours pour récupérer". Lucia mime la douleur, ses mains tremblent légèrement alors qu'elle presse ses tempes.

Lana, horrifiée, connecte enfin tous les points. "Merde... Il doit se faire du fric sur ton dos avec ça..."

Un silence lourd s'installe, seulement interrompu par le goutte-à-goutte d'eau quelque part au fond du cachot. "C'est son petit business, discret", confirme Lucia avec amertume, son regard empreint d'une compassion douloureuse envers Lana.

Lana frissonne, une peur glaciale s'insinuant dans ses veines. "Ne me regarde pas comme ça. Je suis sans doute aussi une guérisseuse de zombies ! J'ai peur...", ses mots sont un murmure tremblant, un aveu de sa terreur naissante. "Tu es là depuis combien de temps ?"

"Depuis bien trop longtemps," murmure Lucia, la voix empreinte d'une tristesse profonde, accompagnée d'un geste las de la main pour signifier qu'elle ne désire pas s'étendre sur le sujet. Ses yeux, emplis d'une lueur douloureuse, se voilent soudain de larmes qu'elle réprime avec force, trahissant la lutte intérieure qu'elle mène pour conserver son aplomb. Recluse dans les ténèbres humides de cette cave, Lucia a enduré des épreuves qui auraient brisé bien des âmes. Les sévices infligés par Jon ne sont pas seulement une torture pour son corps mais ont également laissé des cicatrices indélébiles sur son esprit autrefois si joyeux. Sa silhouette frêle contraste tragiquement avec l'immense fardeau de ses souffrances silencieuses.

"Tu faisais quoi avant ?"

Lucia balaye du doigt la larme qui s'est aventurée le long de sa joue, son regard perdant de sa vivacité au fur et à mesure qu'elle évoque les souvenirs morcelés de son ancienne vie.

"J'étais infirmière, au Grand Hôpital, au service des urgences. On était submergés par des vagues incessantes de malades, surtout au début. Puis, progressivement, tout s'est effondré," murmure-t-elle, la voix empreinte d'une douceur mélancolique qui contraste avec la dureté de ses mots.

Lana, à côté d'elle, esquisse un sourire timide, presque embarrassée par la gravité de leur échange. "Je ratais ma vie avec une telle constance... comme une championne," avoue-t-elle en chuchotant, le regard fuyant vers le sol, comme si elle craignait de rencontrer les yeux de Lucia. "Comment as-tu découvert... pour la guérison ?", demande-t-elle, voyant une opportunité de détourner la conversation de ses propres échecs.

Lucia inspire profondément, son visage marqué par un souvenir à la fois terrifiant et salvateur. "C'était complètement fortuit. Je commençais à avoir des accès de rage, une envie irrépressible de mordre tout ce qui bouge. Je n'en ai parlé à personne, même pas à l'hôpital. Puis, un jour, j'ai été mordue, comme tant d'autres parmi nous. Mais dans un éclair d'instinct primal, j'ai réagi. Je l'ai mordue en retour, une petite fille si frêle... Je me souviendrai toujours de ses yeux, intenses, presque brûlants. Je ne l'ai mordue qu'une seule fois, avec une force que je ne connaissais pas, comme guidée par une pulsion farouche."

"Et alors ?" Lana penche la tête, captivée.

"Nina... son nom était Nina. Elle a guéri en quelques heures. Moi, j'avais été conduite à l'infirmerie, traitée comme les autres blessés. Et lorsque je l'ai revue, dans les couloirs, avec ses parents, elle était complètement rétablie. C'était comme si rien ne lui était arrivé."

Lucia marque une pause, ses gestes s'animent au rythme de son récit, chaque mouvement soulignant la sincérité de ses paroles.

"Tu possèdes un don divin, Lucia," déclare Lana, avec un mélange de respect et d'émerveillement dans la voix, tandis qu'elle considère Lucia non plus simplement comme une survivante, mais comme une porteuse d'espoir dans leur monde brisé.

"Tu as ce don aussi.", dit Lucia avec bienveillance en caressant le visage de Lana. Mais son visage affiche la gravité de celle qui connaît les conséquences. Elle se rapproche encore, son visage déterminé malgré la faiblesse évidente. "Il faut sortir d'ici. Il va revenir maintenant. Et il va te vider avec ses clients du jour", dit-elle avec amertume, son index levé vers le plafond bas et menaçant.

"Tu as une idée ?", balbutie Lana, l'espoir teintant sa voix d'une timide lueur.

"Oui. J'ai ma petite idée pour nous sortir d'ici. Quelque chose de risqué, mais on n'a pas le choix", gronde Lucia, ses dents serrées d'une colère refoulée.

Elles échangent un regard qui scelle leur pacte tacite, un pacte désespéré mais nécessaire. Alors que le bruit de pas se fait entendre au-dessus de leurs têtes, chaque battement de cœur s'amplifie, résonnant comme un tambour de guerre avant l'affrontement.

PAUL TOSKIAM

Miranda a une sale tête

Dans désordre du bureau sombre, la lueur bleutée de l'écran d'ordinateur jette des ombres étranges sur le visage concentré de Jon. Chaque interférence dans la connexion transforme Miranda en apparition grotesque, ses traits se tordant dans des configurations macabres. Miranda sirote son bourbon avec une nonchalance étudiée, donnant l'impression que rien ne peut l'atteindre, mais ses yeux trahissent une pointe d'urgence.

"Monsieur Jon, ce n'est pas ce que nous avions convenu", déclare-t-elle, sa voix s'effilochant légèrement à travers les grésillements de la connexion internet instable.

Jon, adossé à son fauteuil, passe une main lasse sur son visage. "Que puis-je faire pour vous, comtesse ?", demande-t-il, détournant le regard comme pour vérifier que sa porte est bien verrouillée. L'air dans la pièce semble devenir plus dense, chargé d'une tension pénible qu'il aurait aimé s'épargner.

Le sourire de Miranda s'élargit, malveillant. "Je sais que le sujet est avec vous. Je sais que Lana est avec vous. Je vois tout. L'avez-vous oublié ?", lance-t-elle, un rire froid éclatant de sa gorge.

Jon garde son calme, mais ses mains tremblent légèrement alors qu'il répond. "Lana est morte. Je l'ai trouvée déchiquetée chez elle. Je crois que c'est une rixe avec son ancien patron". Son mensonge est délibéré, une provocation pour guetter la réaction.

Le visage de Miranda se fige, la vidéo pixelisée ajoute un aspect encore plus sinistre à son expression déjà déformée. "Ne me faites pas perdre mon temps, monsieur Jon. Je sais qu'elle est vivante et avec vous. Elle m'appartient".

Jon déglutit, son pouce cliquant pour lancer une vidéo. Des images brutales s'affichent : dans un appartement en désordre, Lana lutte sous les coups violents de Robert, débordée par la forte carrure. Le son des mâchoires claquant avec fureur résonne, le sang gicle contre les murs, et le sol. "Vous recevez les images ?", interroge Jon, la voix tendue.

Miranda s'avance, son visage remplit l'écran, les sourcils furieusement froncés. "Monsieur Jon, à quoi jouez-vous ? Vous savez très bien que je vais venir récupérer ce qui m'appartient, n'est-ce pas ? Vous savez très bien que je serai sévère".

Jon croise les mains devant son visage et sourit. "Je serai ravi de vous retrouver, comtesse, dans mon lit, peut-être cette fois ?", réplique-t-il avec une audace feinte, ses yeux scrutant l'écran pour lire la moindre réaction dans le visage de Miranda.

"Monsieur Jon, vous venez d'accepter de mourir", crache Miranda, sa voix tranchante comme une lame avant de couper brutalement la communication, son visage restant une dernière fois figé - ses yeux transformés en boules lumineuses dans sa bouche béante.

Excédé, Jon hurle un "Dégage !" bien sonore et défonce l'écran d'un coup de talon pour ne plus voir cette vision infernale devant lui qui le nargue.

Jon n'a jamais eu peur de Miranda. L'inverse n'est pas si vrai. Elle sait qu'il est un homme plein de ressources capable de l'imprévu. C'est ce qui l'a toujours attirée. Elle le redoute autant qu'elle l'aime en quelque sorte. Mais Lana est trop importante. Elle est le résultat attendu depuis longue date d'une série de mutations dans un programme fort cher dans lequel Miranda a investi des milliards. Jon sait qu'elle ne va pas le laisser abîmer Lana, son jouet.

ELLE MORD LES ZOMBIES !

Captive 3

Lana et Lucia, haletantes et couvertes de sueur froide, contemplent leur prison souterraine avec une détermination nouvelle. Les murs de pierre rugueuse semblent absorber le moindre son, plongeant la pièce dans une obscurité presque totale, troublée seulement par la faible ampoule qui pend tristement au centre du plafond. Leur seul espoir réside dans ce petit dé métallique abandonné au sol par Jon.

"Tu crois que ça va marcher ?", demande Lana, intriguée par l'idée de Lucia.

"Oui. Ça dépend de toi ma jolie. Je pense que si tu mords avec assez de force dessus, le dé va nous aider à écarter une des mailles des chaînes pour nous libérer", explique Lucia en positionnant le dé métallique au centre d'une maille de ses chaînes. "Voilà, comme ça. Essaye de mordre dessus, de toutes tes forces", conseille Lucia en tenant l'ouvrage dans un équilibre précaire.

"Mais, je vais m'exploser les dents dessus", constate Lana, dubitative.

"Tu as une autre idée peut-être ?", défie Lucia, d'un geste sec de la tête pour encourager Lana à mordre comme prévu.

Elles utilisent le dé comme levier, le métal froid et lourd dans leurs mains tremblantes. Lana ouvre la bouche avec prudence et place la chaîne et le dé entre ses dents. Lucia l'aide à bien se placer et l'encourage en lui caressant les cheveux pour l'apaiser : "Vas-y ma belle. Croque de toutes tes forces !", dit-elle presque dans un cri de joie.

Sous la pression invraisemblable de la mâchoire de Lana, une maille de la chaîne cède un peu, égratignant leurs doigts. La rouille pince leur peau, mais la douleur est un faible prix à payer pour la liberté. "C'est bon. Continue ma jolie. Encore !", encourage Lucia en écarquillant les yeux, comme si elle ne croyait pas ce qu'elle voyait.

Soudain, des pas lourds résonnent au-dessus de leurs têtes. Les battements de leur cœur s'accélèrent. C'est lui. Jon arrive. Le temps presse.

Alors que la dernière maille lâche, les deux femmes se précipitent dans les ombres, leurs yeux s'ajustant à la pénombre. Elles se blottissent derrière de vieilles caisses en bois, à peine osant respirer.

La porte grince sur ses gonds alors que Jon descend l'escalier, une silhouette imposante détachée de l'obscurité environnante. Sa main droite tient fermement une fourche électrique, ses dents métalliques luisant d'un éclat sinistre sous la lumière faiblarde. Sa respiration est lourde, rythmée par la soif de contrôle.

Lana échange un regard avec Lucia, un mélange de peur et de détermination brillant dans leurs yeux. À un signe de tête silencieux, elles bondissent de leur cachette, courant vers Jon avec une rage silencieuse. Jon pivote sur ses talons, surpris mais récupérant rapidement.

Lucia l'atteint en premier, ses mains visant son visage. Mais Jon, agile malgré sa stature, esquive et active sa fourche électrique. Un craquement aigu remplit l'espace alors que les dents électrifiées frôlent le bras de Lucia, lui arrachant un cri de douleur.

Lana, voyant son amie repoussée, redouble d'effort. Elle plonge vers Jon, tout son poids derrière elle, essayant de le déséquilibrer. Mais Jon, anticipant son mouvement, la repousse avec une force brutale. Lana heurte le sol dur, son souffle coupé.

Pendant un moment suspendu, l'air est littéralement chargé de tension électrique. Jon, se tenant sur ses jambes fermes, dirige la pointe lumineuse de sa fourche vers elles, ses yeux étincelant avec une froideur calculatrice.

Lana, les lèvres serrées de douleur, se redresse rapidement. Lucia, le bras tremblant, se relève également. Elles savent que c'est leur dernière chance. Elles doivent dépasser la peur, utiliser leur douleur comme un carburant pour leur courage.

Avec un cri commun, elles chargent à nouveau, cette fois avec une coordination parfaite. Jon est prêt, mais elles sont imprévisibles, se mouvant comme des ombres insaisissables. Un pied mal placé, et Jon trébuche légèrement.

Profitant de ce moment de faiblesse, Lana saisit la fourche, et avec une force née du désespoir, la tord hors de ses mains. Lucia l'aide, et ensemble, elles réussissent à l'envoyer valser à travers la pièce où elle s'écrase avec un bruit sourd.

Jon, désarmé mais loin d'être vaincu, les regarde avec une rage froide. Mais il sait qu'il a perdu l'avantage pour le moment. Avec un dernier regard empli de menace, il bat en retraite, remontant l'escalier.

Lana et Lucia foncent vers lui pour en finir mais Jon réapparaît sur le pas de la porte de la cave, un énorme fusil à pompe dans les bras. Il vise Lucia et décharge les deux canons sur elle. Lucia perd l'équilibre au moment de l'impact dans son ventre. Jon secoue son arme puis tire une seconde salve sur Lucia qui finit par tomber en arrière, sa tête percutant de plein fouet la colonne centrale pendant sa chute

"Tu vas venir avec moi maintenant, sagement", murmure Jon, son souffle caressant l'air alors qu'il se confronte à Lana. Immobilisée par l'horreur, elle fixe Lucia, éventrée, dont le corps repose contre la colonne dans une posture de fausse quiétude.

Une rage fulgurante envahit Lana; ses yeux scintillent d'un vert éclatant, témoins incandescents de sa fureur. Avec toute la force de son désespoir, elle se précipite vers Jon, poussée par un désir implacable de vengeance. Cependant, ce dernier, anticipant sa charge, l'arrête d'un revers brutal de la crosse. Le choc si violent qu'il brise le nez de Lana qui s'effondre, le visage baigné de sang. L'anneau dans le nez de Jon a aussi sauté dans l'effort. Il le regarde un instant rebondir contre le mur et sur le sol pour terminer sa course devant sa chaussure droite. Tant pis. Ce n'était pas un anneau fixe de toute façon.

ELLE MORD LES ZOMBIES !

"Allez, relève-toi et avance. Nos clients sont déjà installés", continue Jon. Sa voix conserve un timbre étrangement calme, presque déconcertant, tandis qu'il désigne l'escalier de son arme, implacable dans ses directives.

Le silence règne dans la pièce sombre, seulement interrompu par le goutte-à-goutte régulier du sang qui s'échappe des narines de Lana. Ses mains, tremblantes, tentent vainement de contenir l'hémorragie, mais le rouge vif se faufile entre ses doigts, tachant le sol glacé d'éclaboussures cramoisies. Sa respiration est haletante, chaque souffle sifflant avec une urgence croissante.

Jon, immobile, fixe les yeux de Lana, débordants de colère et de douleur. Ils brillent d'une lueur presque sauvage, reflets d'une fureur qui semble consumer son âme. Il y a quelque chose de terrifiant dans ce regard, comme une onde de choc qui attend le bon moment pour tout faire voler en éclats.

Le sol craque sous le poids de Jon.

PAUL TOSKIAM

La roue

Salle de réanimation d'une maison

Lana se retrouve prisonnière dans une salle gigantesque, un sanctuaire de savoir et de mystère. Les livres anciens s'entassent en des colonnes imposantes, touchant presque l'obscurité du plafond haut. Chaque étagère déborde d'ouvrages reliés de cuir, leurs titres dorés étincelant faiblement sous la lumière tamisée.

Au fond de cette bibliothèque, un escalier en colimaçon en fer forgé noir serpente en spirale vers un étage supérieur invisible, insufflant une aura de mystère à la pièce. La poussière danse dans les rais de lumière qui filtre à travers des vitraux à motifs complexes, projetant des ombres colorées sur les murs couverts de bois sombre.

C'est au milieu de cette splendeur que Lana se trouve captive, dans une chaise qui rappelle davantage un instrument de torture médiéval qu'un meuble. Positionnée à moitié sur le ventre, elle ressent la rigidité du bois contre ses poignets et son cou, des entraves minutieusement sculptées qui la maintiennent dans une posture vulnérable et inconfortable. Ses jambes balancent impuissamment de chaque côté, ses pieds effleurant parfois la froideur du sol carrelé.

Devant elle, un spectacle macabre se prépare. Une roue gigantesque tourne lentement, animée par une mécanique ancienne et grondante. Sur cette roue, des corps disloqués, des figures autrefois humaines, maintenant réduites à des créatures grotesques. Leurs râles haletants, leurs bras qui cherchent aveuglément à atteindre une liberté perdue, remplissent l'air d'une cacophonie terrifiante. Les zombies, pris dans leur éternelle souffrance, s'agitent en des mouvements désordonnés, tournant sur cette roue infernale. Ils sont vingt, disposés en étoile et allongés sur le dos, leurs têtes alignées vers le centre de la roue.

Lana, les yeux écarquillés sous l'effet de la peur et de la répulsion, tente de rationaliser sa situation, se demandant comment elle a pu atterrir dans cet enfer. Ah oui, Jon l'y a forcée. Son esprit virevolte, alternant encore entre des plans d'évasion désespérés et des prières silencieuses pour une délivrance rapide. Elle ressent le poids de chaque seconde qui s'allonge, chaque cliquetis de cette roue mécanique résonnant comme un coup de marteau sur l'enclume de son destin.

À chaque tourment des créatures devant elle, elle se crispe, la terreur lui noue l'estomac, chaque grognement amplifiant son désarroi. Elle ferme brièvement les yeux, tentant de se soustraire à la vision d'horreur, pour se concentrer sur sa respiration, sur le faible espoir de s'échapper de cette situation cauchemardesque. Mais comment ?

La lumière filtre à travers des vitraux, fins et verticaux, comme des meurtrières, ces fenêtres à fente de châteaux forts. Ces faibles rayons de soleil deviennent son phare, une lueur d'espoir dans la pénombre oppressante.

Jon se tient là, juste à côté, dans le rayon de lumière qui zèbre son visage. Ses mains trouvent doucement les boucles dorées de Lana. Il caresse ces cheveux tout propres. Il a passé lana sous une longue douche bien savonnée pour la rendre présentable. Chaque geste délicat de Jon est supposé apaiser. Mais le cœur de Lana est un tambour de panique qui bat à tout rompre. Sous le poids d'un masque de cuir sombre et épais qui bride ses cris, elle lutte avec une vigueur désespérée. Son visage, à peine visible à travers les minces ouvertures du masque, montre ses yeux agrandis par la peur. L'espace d'une seconde, elle ne peut retenir un rire nerveux, un rire de colère et de dépit. La voilà cagoulée avec une muselière : un comble pour elle qui s'apprêtait à faire la promotion des muselières Montfortville.

Avec une douceur étudiée, Jon trace des lignes apaisantes le long du dos tendu de Lana. Elle se cabre violemment, ses jambes battant l'air, transformant chaque seconde sur le siège en un combat épique digne d'un rodéo. Des perles de sueur mêlent ses cheveux collés à son front, et chaque tentative pour reprendre son souffle sous la contrainte du masque est un rappel cruel de sa situation précaire.

Les familles des zombies sont disposées en cercle autour de la pièce sur des rangées de sièges qui ressemblent à des trônes aux formes multiples et dépareillées. Les familles n'ont d'yeux que pour leurs enfants, leur père, leur mère, allongés là devant eux sur la roue. Des yeux inquiets qui ne perdent pas une seconde du cérémonial qui se prépare. Chaque personne a dû verser une somme conséquente pour que son proche transformé en déchet vivant soit ramené à sa forme humaine d'origine. Ils ont l'espoir du désespoir. L'argent ne compte plus, sauf pour Jon. Il ricane d'ailleurs, songeant sans doute à la prime ridicule que lui a proposé Miranda pour prendre possession d'un joyau aussi précieux que cette sublime créature qu'est Lana.

"Mesdames et messieurs, l'heure est venue," annonce Jon d'une voix forte, alors qu'il s'empare du micro posé sur le pupitre devant lui. "Ce que vous êtes sur le point de voir est la résurrection de l'être cher que vous nous avez confié. Aucun scientifique, aucun hôpital, aucun médecin ne peut vous offrir ce que nous allons réaliser ce soir," proclame-t-il, son bras décrivant un arc grandiose au-dessus des formes agitées des zombies, chacun enfermé dans son compartiment sur la grande roue. La voix, amplifiée, vibre sous les voûtes de la salle et y imprègne un écho persistant.

"Avant que nous commencions, permettez-moi de vous présenter celle sans qui rien de cela ne serait possible, notre magicienne, celle qui va redonner la vie sous vos yeux ébahis". Jon se tourne vers Lana et abaisse légèrement une manette sur le pupitre.

Sous les applaudissements fervents de l'assistance, le siège de Lana se contracte et la pousse dans une posture inconfortable, bras et jambes repliés, évoquant de façon grotesque un poulet rôti. Jon manipule une autre manette, et cette fois, la muselière se déploie différemment, enserrant cette fois tout le visage de Lana, lui forçant la bouche pour l'ouvrir au maximum.

Il presse ensuite un bouton, et le visage de Lana, la bouche béante et l'expression terrifiée, apparaît sur les deux grands écrans suspendus au plafond. Les familles présentes hurlent de plus belle, ovationnent la scène avec un enthousiasme débordant. Jon laisse cette exaltation s'exprimer, un sourire de ravissement illuminant son visage tandis que son regard parcourt l'assemblée, alternant entre sourires complices et clins d'œil malicieux. "Encore plus fort, mesdames et messieurs ! Encouragez Lana !", crie-t-il, galvanisant la foule qui répond par des applaudissements assourdissants. Les zombies, alarmés, se débattent furieusement sur leur roue, tandis que l'horreur et la souffrance se lisent clairement sur le visage de Lana affiché en grand, livré en pâture à ceux qui ont payé.

"Merci... Merci, mes amis...", Jon intervient, abaissant ses bras pour ramener le silence. "Je vous demande maintenant de garder votre calme. Ce que vous allez vivre maintenant défie toute l'entendement. Dès que vos proches seront traités, ils vous seront immédiatement rendus par nos assistants", dit-il en désignant sous les acclamations deux hommes en noir qui se tiennent prêts. Il sollicite encore le silence d'un geste impérieux. "Avant de mettre en marche cette roue", dit-il en indiquant une grande manette à côté du pupitre, "y a-t-il quelqu'un ici qui s'oppose à cette session de réanimation ?", sa voix tonne et son regard scrute l'assemblée, de la première à la dernière rangée. Un silence pesant s'installe. Seule la respiration haletante de Lana, reprise spasmodiquement lorsqu'elle avale sa salive la bouche grande ouverte, brise ce calme précaire.

"Parfait, alors que la roue de la vie se mette en mouvement !", s'exclame Jon en activant la manette qui déclenche le premier tour de la grande roue.

Les zombies, immobilisés sur le dos, sont maintenus par un mécanisme qui bloque tout mouvement, tandis qu'un autre dispositif déplie et sécurise l'un de leurs bras en l'air, au-dessus de leur tête. Lana, de son côté, réalise l'absurdité et la folie de cette machinerie coûteuse mais sait que, si elle existe, c'est parce que Jon en retire des bénéfices indéniables. Aujourd'hui, elle se retrouve l'otage consentante de ses plans de pervers.

Pendant ce temps, le siège de Lana avance vers la roue, s'approchant inéluctablement du bras du premier zombie aligné devant elle. C'est le bras d'un adolescent, un jeune garçon qui tente encore de s'échapper de ses sangles sur la roue, de toutes ses forces, en vain.

Jon exige un silence absolu d'un geste de la main, à la fois élégant et autoritaire. Il appuie sur un autre bouton qui presse la tête de Lana contre le bras du jeune zombie. Silencieusement, Jon pointe les écrans géants pour que l'audience ne manque aucun détail de ce qui va suivre. Ils ont payé pour ça. Il active un dernier mécanisme et la muselière se contracte à nouveau, forçant Lana à mordre dans la chair du bras tendu. Jon, dans sa cruauté calculée, a tout prévu pour empêcher toute rébellion, condamnant Lana à mordre jusqu'à arracher un morceau de chair.

Lana se crispe, tout son être se raidit, chaque muscle de son corps se tend comme un arc prêt à lancer sa flèche. Le morceau de chair qu'elle vient de déchirer avec ses dents du bras d'un jeune innocent tombe, d'un mouvement presque sacral, dans une petite coupelle argentée disposée spécialement pour cela. Ce reliquat sera remis à la famille, comme un souvenir poignant de ce rite de passage, une fois que le jeune garçon sera pleinement rétabli. L'effet produit par la morsure de Lana va durer quelques heures, et permettre au corps du client de se régénérer en entier, et d'effacer cette blessure. L'assemblée est stupéfaite.

À cet instant, les deux assistants de Jon, efficaces et méthodiques, s'emploient à délivrer l'adolescent de ses attaches. Le jeune garçon, qui jusqu'alors gémissait et se débattait de douleur, retrouve peu à peu son calme. Assis à présent sur le bord de la roue monumentale, il promène son regard attentif sur les assistants qui s'affairent à libérer ses jambes. Resté quelques secondes, suspendu dans le temps qui semble dilaté, il parvient à se mettre debout de manière autonome, affichant une résilience inattendue.

Jon en profite pour encourager les applaudissements en mimant le geste des deux mains. Les familles exultent et applaudissent à tout rompre, certains tapent même des pieds au sol pour manifester leur joie intense. Il laisse cette effusion de joie se propager et tourner plusieurs fois autour de la salle, comme une vague invisible qui submerge tous les présents. Jon sourit, satisfait, presque enivré par ce résultat parfait.

Sans précipitation, mais avec une solennité de circonstance, les assistants saisissent la coupelle devenue récipient de mémoire et guident le jeune homme vers les bras de sa famille incrédule. Là, des prières et des incantations, précédemment murmurées avec ferveur, trouvent enfin leur exaucement. Un murmure, presque une clameur, monte à nouveau de l'assemblée, agitant l'air chargé d'amour de la salle.

Avec son autorité naturelle, Jon élève sa main, paume ouverte vers la foule, pour instaurer le silence. Il actionne alors le mécanisme complexe de la roue qui reprend sa rotation lente et lourde ; un bruit de pistons se faisant écho dans les fondations du lieu, répercutant des vibrations à travers le sol.

Le compartiment suivant se place devant Lana, dont le visage exprime une douleur déchirante. Ses yeux projettent une lueur verte intense, presque incandescente, qui se propage jusqu'à ses oreilles et son cou, témoignant de la puissance qu'elle renferme et qui augmente à chaque morsure. L'espace d'un instant ses yeux restent fixés sur un des écrans géants. L'image qu'elle y voit, son propre visage monstrueux de rage, provoque en elle une rancœur violente. Et ce plaisir, intense, profond, qui lui procure cette troublante sensation de plénitude à chaque morsure, la plonge dans une indicible tristesse, qui la consume jour après jour.

Jon sait très bien ce qu'il fait. C'est un professionnel après tout. Il sait très bien qu'elle n'a pas encore compris ce petit détail qui change tout. Elle n'a pas compris car Jon ne lui en a pas laissé l'occasion, contraignant chacun de ses mouvements. Ses pieds n'ont pas touché le sol depuis des jours.

Telle une bête sauvage sur le point de bondir, Lana s'apprête à infliger cette étrange guérison à dix-neuf autres âmes perdues durant la séance du jour. Cette performance fait la fierté de Jon qui, observant son efficacité, ne peut s'empêcher de comparer.

Lucia, après trois clients seulement, était déjà épuisée, nécessitant un temps de repos conséquent avant une nouvelle session. Cela nuisait grandement à la productivité. Mais Lana, elle, transcende toutes les attentes et n'exige aucun moment de répit. Jon se dit qu'elle pourrait produire deux fois plus, sans fatigue notable. Son esprit en effervescence rêve déjà d'une nouvelle organisation, d'un endroit encore plus grand et surtout à la conception d'une machine plus moderne qui exploiterait pleinement ce don exceptionnel que la nature a octroyé à Lana.

Une visite inattendue

Maison de Jon, quelques semaines après

Un hurlement déchirant lacère le silence de la nuit, catapultant Lana hors des limbes de son sommeil. Son cœur palpite violemment, ses oreilles bourdonnent sous l'effet de la terreur naissante. Chaque fibre de son corps se tend, alors que ses yeux, grands ouverts, fouillent la pénombre en quête d'un indice, d'une explication.

La chambre semble soudain étriquée, les murs oppressants se rapprochent, comme animés par une volonté malveillante. Le vent brutal et glacé se glisse sous l'encadrement de la porte.

Lana tente de rassembler ses pensées, son esprit vacillant entre le rêve et la réalité. "Est-ce une effraction ? Une tempête ? Suis-je encore en train de rêver ?"

Les questions se bousculent, sans réponse, augmentant son angoisse. Son souffle se fait court, chaque inspiration est un combat.

Le plancher craque sinistrement sous le poids d'un inconnu, ou peut-être sous le sien propre, amplifiant la sensation d'une menace imminente. Lana se convainc qu'elle doit agir. Tremblante, elle extirpe ses jambes des draps emmêlés et pose un pied au sol.

Des voix se frayent un chemin à travers le bourdonnement de son esprit. Le cri aigu de Jon perce le silence de la nuit comme un éclair fendant le ciel noir. Il y a une urgence, une terreur cataclysmique dans sa voix qui évoque une image de violence et de chaos. Il crie. L'appel est déchirant, effrayant.

Alors qu'elle lutte pour sortir de sa torpeur, Lana prend conscience des autres sons, des coups de feu résonnent comme des clous d'acier enfoncés dans une planche de bois, provoquant des ombres de peur qui serpentent sur les murs de sa conscience. Des bruits sourds d'objets heurtent les murs et se mêlent aux cris de Jon, formant un vacarme cacophonique. Elle entend des pas précipités, des courses désespérées.

ELLE MORD LES ZOMBIES !

Des bruits d'objets lourds traînés sur le sol résonnent comme des échos menaçants. Ils créent des images dans l'esprit de Lana : des meubles renversés, des portes fracturées, des carreaux de fenêtre éclatés.

Et puis, le silence. Un silence complet, étourdissant. Un vide qui semble trop grand, trop vide. C'est pire que le tumulte précédent car il laisse place à l'incertitude, à l'inconnu, au doute dévastateur.

Toute tranquillité s'évapore, remplacée par une confusion palpable. Lana est glacée de peur, ses pensées se bousculent comme des cavaliers en fuite. Que se passe-t-il ? Est-ce une invasion ? Un pillage ? Jon est-il blessé ? Sa peur se transmute en angoisse, son angoisse se transforme en terreur. C'est un tourbillon crescendo, emportant tout sur son passage, l'engloutissant dans une mer agitée de questionnements et de frayeurs.

Le cœur battant, Lana se dégage lentement de son lit, ses yeux écarquillés se reflétant dans le grand miroir de l'armoire. Un miroir qui, d'ordinaire, lui renvoie sa triste réalité : Lana attachée, Lana confinée, Lana réprimée. Pourtant, ce soir, elle est libre. Elle fronce les sourcils, une pointe d'angoisse tord son estomac. Jon ne l'a pas attachée. Jon qui ne manque jamais à ses habitudes, Jon qui contrôle chacune de ses minutes. Pourquoi ce changement ? Il savait quelque chose ?

Le drap rêche contre sa peau nue, Lana, vêtue d'un short simple et d'un débardeur, gravite prudemment jusqu'à sa porte. Ses pieds nus effleurent à peine le plancher, faisant moins de bruit qu'un souffle de vent. Elle y colle son oreille, prêtant l'attention à chaque battement de son cœur, à chaque grincement lointain. Mais derrière la porte, c'est le silence. Un silence oppressant qui n'amène qu'une seule question : Où est Jon ?

Elle porte une main à la poignée pendant qu'une sueur froide l'envahit. Elle se concentre pour ne pas faire grincer la porte. Pourtant, le doux glissement de la porte de sa chambre résonne quand même dans ses oreilles avec une brutale intensité. Elle risque un coup d'œil. À gauche, à droite, rien. Pas de mouvement, pas d'ombre suspecte, juste une menace sourde qui émane de la tranquillité trompeuse de sa maison. Enfin, son regard s'accroche à la pâle lueur du rez-de-chaussée, une lueur étrange, inhabituelle, dans cette ambiance nocturne.

Avec un sang-froid qui la surprend elle-même, un pas après l'autre, elle avance. Chaque seconde est un supplice, chaque ombre pourrait être une menace. Elle glisse le long du couloir, chaque pas est un défi à cette paix factice. Où est Jon ? D'où sont venus ces bruits terrifiants qui l'ont tirée du sommeil ? Pourquoi ce silence pesant ?

Lana sent son cœur battre à tout rompre alors qu'elle se plaque contre le froid du mur granuleux du couloir sombre. Ses yeux scrutent frénétiquement le bas des escaliers, où elle distingue à peine une silhouette. Elle retient son souffle, espérant que l'obscurité du premier étage l'aidera à rester invisible. Mais une voix féminine, étrangement douce et infiniment menaçante à la fois, rompt le silence oppressant.

"Inutile de te cacher, Lana. Je te vois..."

Ces mots, prononcés avec une délectation presque palpable, vrillent les nerfs de Lana. Elle se colle encore plus contre le mur, ses mains tremblantes à la recherche d'une aspérité, d'un quelconque appui. Elle ferme les yeux un instant, espérant que tout cela n'est qu'un mauvais rêve.

Mais non, c'est bien la réalité. Les paroles de la femme se répercutent dans son esprit, chaque syllabe l'obligeant à envisager des issues de plus en plus désespérées. Lana pense à fuir, mais sait au fond d'elle que la mystérieuse femme bloque le seul chemin raisonnable possible.

Lana essaye de maîtriser sa respiration, son cœur galopant comme un cheval emballé.

La voix reprend, plus près cette fois :

"Je sais que tu as peur, Lana. Mais n'essaie pas de fuir. Viens, parlons."

Lana ferme les yeux, essaie de se calmer, de rassembler ses pensées. La voix mielleuse de la femme continue de résonner dans le corridor, presque caressante, menaçant de briser le dernier rempart de sa volonté.

ELLE MORD LES ZOMBIES !

"Je suis venue pour te libérer", murmure la femme, sa voix flottant depuis le bas de l'escalier comme une caresse. Elle étend sa main dans un geste élégant et impérieux, invitant Lana à descendre vers elle.

Lana, hésitante, pose un pied après l'autre sur les marches anciennes, son cœur battant à l'unisson avec chaque grincement du bois vieilli. En bas, l'attend une figure imposante : une grande dame dont la silhouette svelte trahit une force dissimulée. Ses bras sont ouverts, prêts à étreindre ou à défendre, selon le besoin.

"Je m'appelle Miranda et je suis venue te chercher", déclare-t-elle, tandis que ses lèvres s'étirent en un sourire chaleureux. Le maquillage ostentatoire qu'elle porte semble danser sur son visage à chaque mouvement, ajoutant une touche de théâtralité à son apparition presque mystique sous la lueur pâle qui vient de la cuisine.

Lana découvre la pièce pour la première fois. Elle ressemble à un salon à l'atmosphère obscure et mystérieuse, presque figée dans le temps. Les murs, teintés d'un gris sombre, semblent absorber toute velléité de chaleur, tandis que le peu de lumière émanant d'une ampoule pâle et vacillante de la cuisine ne fait qu'effleurer l'espace, créant des ombres allongées et tortueuses sur le sol et sur les meubles.

La table qui trône au centre, entourée de chaises aux silhouettes fantomatiques, est couverte d'une nappe éteinte qui n'a plus connu la blancheur depuis longtemps. Un canapé usé, aux coutures apparentes et au rembourrage affaissé, fait face à une cheminée éteinte, accumulant plus de cendres que de souvenirs de flammes chaleureuses. Sur la table basse, près du canapé, traînent quelques magazines éparpillés, leur encre presque effacée par l'humidité ambiante.

Le revêtement de sol, en vieux bois craquelé, grince à chaque pas, comme pour murmurer les secrets d'un passé oublié. Constituée principalement de planches disjointes, cette surface irrégulière est parsemée de tapis élimés dont les motifs sont à peine discernables.

Une fenêtre, lourde de rideaux épais recouverts de poussière, laisse filtrer un mince faisceau de lumière extérieure, insuffisant pour percer l'obscurité qui règne. Aux murs, quelques cadres défraîchis abritent des portraits aux visages indistincts, ajoutant à l'ambiance spectrale de cette pièce.

Peu d'objets de décoration tentent de rehausser l'endroit ; à l'exception de quelques vases craquelés où se dessèchent les restes de fleurs autrefois colorées, et de coussins éventrés, témoignant d'une lutte perdue contre le temps et l'abandon.

Cet espace sombre et froid, à peine animé par le faible écho d'activités provenant de la cuisine, se transforme en une scène presque surréaliste où chaque élément, éclairé par la lumière blafarde, semble suspendu entre le passé et l'oubli.

Un flot de souvenirs envahit l'esprit de Lana. Les contours de cette demeure lui sont étrangers, bien qu'elle y réside depuis longtemps, presque une éternité, elle a perdu la notion du temps. Obsessionnel, Jon, la guidait habituellement à travers les couloirs avec précaution, ses yeux masqués, ses mains entravées, réduisant son monde à une suite d'échos et de sensations fugaces. Il la nourrissait. Il la lavait. Elle était importante pour lui. Elle avait fini par se sentir importante aussi, presque bien traitée. Elle n'avait qu'à mordre la fournée de zombies du jour, et voilà. C'était devenu une formalité. Récemment, un semblant de grâce lui avait été accordé : le droit de quitter l'humidité crasseuse d'une cave pour la relative douceur d'un vrai lit dans une vraie chambre. C'était là un luxe inattendu, une éclaircie dans le brouillard dense de sa captivité.

Arrivée en bas, Lana se fige subitement devant la silhouette inquiétante de Miranda qui, d'une voix toujours aussi douce, lui tend les bras en murmurant : "Viens dans mes bras, je vais te sauver."

La lumière vacillante jette des ombres dansantes sur son visage, donnant à ses traits un aspect malicieux, presque démoniaque. Lana, dont l'instinct de survie ne la trahit jamais, perçoit le piège sous les paroles rassurantes de l'intruse. Avec une méfiance accrue, son regard balaie frénétiquement la pièce à la recherche d'une arme de fortune, quelque chose d'assez lourd pour immobiliser cette menace imprévue.

Les prunelles de Lana se fixent sur un lourd candélabre en bronze, qui trône majestueusement sur une console à proximité de l'entrée.

"N'y pense même pas", lance Miranda, captant les mouvements furtifs des yeux de Lana et en lui montrant son pistolet, encore chaud, qu'elle tenait caché jusqu'à présent. Son ton est à la fois suppliant et ferme. "Pourquoi chercherais-tu à me blesser ? Je suis ici pour te délivrer des griffes de ce démon", déclare-t-elle, tout en désignant d'un geste du canon le corps inerte de Jon, étendu non loin sur le sol. La lumière vacillante jette des ombres fantomatiques sur son visage, le déformant par moments d'une manière terrifiante.

Lana fixe le corps inanimé de Jon étendu à terre. Curieusement, alors qu'elle aurait dû être submergée par un flot de joie à la vue de son geôlier vaincu, une sensation inattendue l'envahit. Une tristesse diffuse, presque étrangère, s'insinue en elle. C'est un sentiment dont elle a souvent entendu parler, mais qu'elle n'a jamais vraiment expérimenté jusqu'à présent. La réalité de ce ressenti la déroute autant qu'elle l'attire dans une étreinte confuse. C'est à la fois troublant et révélateur, un mélange d'émotions qu'elle ne parvient pas encore à démêler.

"Je lis de la peine sur ton visage", commente Miranda en s'approchant de quelques pas, comme si elle lisait les pensées de Lana. "Il n'y a pas de honte à avoir de la peine...", continue-t-elle en avançant encore.

"Arrêtez !", crie Lana en reculant et en levant la main instinctivement comme pour stopper Miranda.

"Oh, mon Dieu !", s'écrie Miranda, ses mains jointes devant son visage en un geste de stupeur. Ses yeux s'écarquillent alors qu'elle observe, fascinée et quelque peu effrayée, l'étrange métamorphose qui s'opère devant elle. "Observez ces prunelles émeraude, éclatantes comme l'aurore boréale dans la sombre nuit", murmure-t-elle, comme si elle récitait une prière, avec une pointe de délectation mystique. Sous son regard attentif, les yeux de Lana se mettent à scintiller d'un vert lumineux, annonçant une transformation qui, bien que magnifique, semble porter en elle des présages peu rassurants.

Miranda avance lentement vers Lana, chaque pas mesuré augmentant la tension palpable entre elles. "Approche, mon enfant... Approche", murmure-t-elle avec une douceur feinte, ses yeux brillant d'une excitation à peine voilée. "Nous allons accomplir de grandes choses ensemble !" Sa voix, empreinte d'une joie presque enivrante, résonne dans l'air chargé.

Lana se tient ferme, ses mains tendues devant elle formant une barrière symbolique. "Un pas de plus et je vous mords !", lance-t-elle, articulant à peine, avec une voix gutturale, les dents serrées. La menace, loin de dissuader Miranda, ne fait qu'accentuer son hilarité. Elle éclate de rire, un rire profond qui semble puiser dans une source ancienne de plaisir retors.

"Me mordre ?", lâche Miranda qui essuie une larme de rire, son amusement se teintant d'affection moqueuse. "Tu es touchante, Lana, vraiment", confie-t-elle en adoptant une expression de grande méditation. Ses yeux scrutent ceux de Lana, capturant leur éclat vert incandescent. "Tu sais, d'une certaine manière, je suis ta mère..."

"Ma mère ?", répète Lana, sa voix tremblante d'incrédulité.

"Ah, enfin, j'ai capté ton attention...", chante Miranda avec un sourire espiègle. Son ton devient celui d'une mère tentant de raisonner un enfant récalcitrant. "Tu ne voudrais pas mordre ta maman, n'est-ce pas ?". La provocation est claire, enveloppée d'une affection théâtrale que Miranda affectionne tout particulièrement.

"Que lui avez-vous fait, à Jon ?", demande Lana, une anxiété soudaine nouant sa voix.

Miranda lance un regard où se mêlent mépris et indifférence vers le corps inanimé de Jon, allongé non loin de là. "Oublie ce misérable", crache-t-elle avec dédain. "Il baisait comme une casserole de toute façon". Sans un soupçon de remords, elle détache son regard de la scène macabre et se tourne vers Lana, ses yeux brillant d'une étrange ferveur.

"Concentre-toi plutôt sur l'avenir, mon enfant. Un avenir lumineux t'attend !", s'exclame-t-elle. Sa voix, empreinte d'une passion ardente, élève le timbre de son discours tandis que son corps se redresse, courbé en arrière comme un arc tendu prêt à lancer ses flèches vers les étoiles.

Toutes les choses ont une fin. Lana le savait. Elle n'allait pas rester indéfiniment à servir le petit business de Jon, d'une manière plus ou moins consentante. Elle savait qu'il y aurait autre chose après. Elle ignorait que ce quelque chose prendrait la forme d'une grande illuminée habillée comme une pute de luxe entre deux clients et qui se prend pour sa mère.

Depuis le début, Lana pressent qu'elle détient un don hors du commun, un talent qui ne manquera pas d'être convoité. Dans les arcanes de son esprit, elle sait que des forces obscures pourraient vouloir la séparer de Jon, le plaçant ainsi dans les griffes du péril. Elle, pourtant, ne se sent jamais menacée. Chaque morsure qu'elle inflige lui injecte une vague d'énergie qui la transcende, la plongeant dans un état surhumain où elle se sent invulnérable, presque éternelle. Cependant, la prudence innée qui tapisse les replis de son âme se heurte continuellement à cette ivresse de toute-puissance. C'est une lutte incessante, un dialogue silencieux entre la crainte et l'invincibilité.

Lana avance vers Miranda, poussée par une impulsion soudaine qu'elle ne comprend pas elle-même. Sans la moindre hésitation, elle se dirige droit vers elle. Miranda affiche d'abord un sourire qui s'efface rapidement lorsque Lana, imprévisible, saisit soudainement sa gorge et la soulève de quelques centimètres du sol avec une force inattendue. La main de Lana est comme une pince mécanique, froide et impitoyable, capable de broyer avec une facilité déconcertante. Miranda gigote dans la main de Lana. Elle lâche son pistolet, un vieux modèle, qui tire un coup tout seul dans la tête de Jon en percutant le sol.

"Tu vas m'écouter maintenant, réponds-moi. Pourquoi as-tu tué Jon et comment se fait-il que tu me connaisses aussi bien ?", articule Lana en secouant vigoureusement Miranda, dont le visage commence à virer au cramoisi. Miranda se débat, ses pieds balancent dans le vide, et ses mains griffent faiblement le bras implacable de Lana. Dans un effort désespéré pour respirer, elle tente de crier, mais seul un gémissement rauque parvient à franchir ses lèvres contractées. Sa poitrine se soulève convulsivement alors que ses poumons cherchent désespérément l'oxygène qui leur manque, mais Lana ne relâche pas son emprise.

"Parle !", hurle Lana en secouant encore tout le corps de Miranda comme une marionnette à bout de forces. Les yeux de Miranda se révulsent. Lana lui donne une chance de se reprendre et la lâche d'un coup. Miranda retombe au sol comme une masse dans un bruit sourd et massif. Elle pèse son poids. Elle a l'air plus mince dans cette robe en forme de tube, tout droit sortie d'une autre époque.

Lana fixe Miranda, ses yeux verts étincelants de colère. Sa respiration est saccadée, le cœur battant avec une intensité qui résonne dans ses oreilles comme des tambours de guerre.

"Pourquoi moi, Miranda ? Pourquoi ?", sa voix est tremblante, teintée de la peur de la réponse et du désespoir.

Miranda s'avance, ses mains levées en signe de conciliation, une lueur de regret passant furtivement dans son regard. "Lana, je sais que tout cela peut te paraître incroyable et terrifiant. Mais tu es unique, ta capacité..."

Lana, brusque, la coupe, saisissant Miranda par le col de sa robe avec une force encore surprenante, inépuisable. "Assez de tes demi-vérités, Miranda ! Pourquoi moi ? Que m'as-tu fait devenir ?"

Miranda, le teint blême, sent la pression de Lana qui ne laisse aucune échappatoire. Acculée, elle lâche enfin le secret qu'elle garde depuis si longtemps. "D'accord... Nous avons introduit des nano-composants dans les fluides, l'eau, le vin, le lait, les sodas, tout ce qui peut se boire...". Elle inspire profondément, semblant se résigner à tout révéler. "Le but était de développer un sujet avec des capacités exceptionnelles, capables de guérir. Nous savions que tu viendrais. Je t'attendais."

Lana relâche sa prise, chancelante, une expression de trahison et d'horreur se dessinant sur son visage. "Empoisonner pour guérir ? Quel concept ! Tu as manipulé tout le monde. Joué avec la vie des gens pour... pour quoi ? Pour des profits ?"

"Ce n'était pas juste pour l'argent", répond Miranda rapidement, sa voix trahissant une émotion rare chez elle. "Réfléchis aux vies que nous pouvons sauver. Et toi, Lana, tu pourrais être notre éclaireuse, notre héroïne."

Un silence pesant s'installe entre les deux femmes. Lana regarde le sol, assimilant la portée et la folie avide de ces révélations. Miranda, observant Lana, poursuit doucement : "Imagine toutes ces personnes transformées en zombies, qui pourraient être guéries. Les familles pourraient être réunies. Grâce à toi, nous pouvons arrêter cette épidémie."

Les yeux d'un vert brumeux de Lana se lèvent vers Miranda, une lueur inquiétante scintillant dans son regard. "Mais comment as-tu fait ?", demande-t-elle, incrédule.

Miranda esquisse un sourire sibyllin, "Disons simplement que j'ai des amis très influents dans les sphères du commerce et de la politique. Nous partageons des intérêts". Elle marque une pause. "C'est ce que tu voulais savoir, n'est-ce pas ?", demande Miranda en observant Lana qui ne bouge plus. "Je comprends ton silence. Je cherche à guérir, je n'ai pas déclenché ce... truc. Non, je ne l'ai pas déclenché", continue-t-elle, sa voix résonnant dans le silence presque complet. Elle n'a même pas le temps de continuer son explication que, sans prévenir, Lana bondit, non pas de surprise ou de colère, mais dans un spasme musculaire, comme poussée par une impulsion nerveuse irrépressible.

"Qu'y a-t-il, mon enfant ?", s'inquiète Miranda, retrouvant peu à peu son calme.

Lana est alors secouée de convulsions brutales. Elle grogne et se met à suffoquer, laissant ressurgir une envie primale de mordre, un besoin irrésistible de satisfaire une pulsion primitive.

"Écarte-toi !", crie-t-elle à Miranda, qui se presse contre le mur pour se protéger.

Désespérée, Lana frappe le sol furieusement de ses poings, brisant le carrelage sous l'impact de sa rage. Elle s'élance ensuite sur le corps inerte de Jon, le mordant avec acharnement aux bras, aux jambes, au cou, jusqu'à ce que la faim qui la torture soit apaisée.

Du coin de la pièce, Miranda observe, un semblant d'admiration dans la voix, "Quelle beauté...", murmure-t-elle comme se parlant à elle-même. Elle détaille chaque mouvement de Lana, qui semble danser de manière à la fois fluide et brusque sur le corps de Jon, comme un ballet érotique et morbide.

Finalement, Lana se retire du corps ensanglanté de Jon. Elle se redresse, écoeurée par ses propres actes. Avec le dos de son poignet, elle essuie le sang qui macule encore ses lèvres et tache abondamment son débardeur. Perdue, elle fixe Miranda comme une enfant égarée cherchant du réconfort chez sa mère.

"Regarde, mon enfant... Regarde, il bouge !", s'exclame Miranda, un sourire maternel aux lèvres, montrant le corps de Jon qui commence à s'animer par saccades.

ELLE MORD LES ZOMBIES !

L'assaut

La route qui mène au Palais Verspeccio, en périphérie de Pusiglia

Les sourcils froncés, le commandant Titus fixe Marc avec une intensité qui aurait pu fendre l'acier. "Marc, je t'en prie, ne me regarde pas avec cet air hautain. Nous accomplissons simplement notre mission. Et cette mission, Marc, est de veiller sur la comtesse Miranda. C'est notre seule et unique directive", gronde-t-il, sa voix bourdonnante de frustration face aux critiques incessantes de son jeune collègue.

"Qu'est-ce que ta cliente est venue foutre dans ce trou perdu ?", grommèle Marc, ses yeux scrutant la route désolée qui s'étend devant eux telle un serpent à travers un désert.

"C'est NOTRE cliente, Marc. Et garde tes jugements désobligeants pour toi, surtout quand il s'agit de quelqu'un de la stature de la comtesse. C'est une dame d'une grande générosité et je prends un réel honneur à assurer sa protection", tonne Titus, son visage se durcissant alors que Marc laisse échapper un rire moqueur qui bientôt étouffe le ronronnement du moteur qui emplissait l'habitacle du 4x4 militarisé.

"J'en ai marre de ces missions à la con. La police est devenue une garderie pour riches...", déblatère Marc, exprimant un ressenti général dans sa brigade.

Alors que le véhicule avale la route caillouteuse, fendue de fissures et bordée de champs stériles, Titus se raffermit dans son siège, ses mains crispées sur ses genoux.

"Concentre-toi sur la route au lieu de te plaindre d'avoir un boulot. Je n'ai aucune envie de nous retrouver écrasés contre un de ces vieux chênes", ordonne-t-il d'une voix tranchante comme du verre.

Les roues du 4x4 crissent violemment sur la chaussée mal entretenue, secouant Marc et Titus à l'intérieur de l'habitacle. Marc, avec un coup d'œil rapide vers son rétroviseur, ralentit brutalement pour éviter de perdre totalement le contrôle et finit par s'arrêter en travers de la route, un nuage de poussière tourbillonnant autour du véhicule. Ils se dépêchent de sortir, portes claquées avec fracas, leurs mains se déplaçant machinalement vers les étuis de leurs armes, prêtes à être dégainées à tout instant. La tension est palpable dans l'air chaud et sec de l'après-midi.

Lorsqu'ils repèrent la silhouette svelte courant vers eux, les poussières soulevées par ses pas rapide, leur sentiment d'alerte s'intensifie. La figure est désormais identifiable ; c'est la comtesse Miranda. Ses cheveux noirs, normalement coiffés avec une précision aristocratique, sont en désordre total, collant à son visage et son cou transpirant. Miranda court, une expression de terreur pure gravée sur ses traits délicats, tenant contre elle ce qui reste de ses vêtements en lambeaux.

Miranda s'approche, haletante, les yeux écarquillés de peur. Le commandant Titus s'élance vers elle sans hésiter. "Miranda ! Mon Dieu, que s'est-il passé ? Parlez-moi !", demande-t-il d'une voix ferme mais douce, cherchant à la rassurer.

La comtesse, les larmes commençant à bourgeonner aux coins de ses yeux, s'efforce de parler entre deux halètements. "Ils... ils sont venus... m'ont attaquée... le palais est en flammes", souffle-t-elle en un murmure brisé, difficile à saisir avec précision.

Titus d'un geste protecteur enroule rapidement son manteau autour d'elle, couvrant sa nudité tout en jetant un coup d'œil méfiant aux alentours, cherchant un quelconque signe d'une nouvelle menace. Marc se tient un peu en retrait, surveillant leur environnement immédiat tout en donnant des instructions dans sa radio portable.

"Respirez, comtesse, vous êtes en sécurité maintenant", assure Titus en la guidant vers le 4x4. Pendant qu'ils l'aident à monter à l'arrière du véhicule, Marc termine son appel. "J'ai contacté le poste, ils envoient des renforts. Nous devrions quitter la zone immédiatement."

Miranda tremble violemment, ses yeux agrandis par une terreur palpable. Les larmes brouillent son regard alors qu'elle peine à reprendre son souffle, chancelante, soutenue à peine par le bras ferme de Titus. Chaque mot qu'elle prononce semble lui coûter une douleur impossible. "Jon et Lana... ils ont trahi ma confiance", elle marmonne, chaque syllabe vibrante d'une trahison amère. "Ils convoitaient le trésor, le voulaient pour eux seuls... mais ils ont déclenché... oh, ils ont déclenché une horreur innommable."

Marc serre les dents, son regard se durcit. "Un trésor ? Quel trésor ?", insiste-t-il, la voix chargée d'urgence.

À peine Marc finit-il sa phrase qu'un écho de craquements lointains et de grognements profonds se fraye un chemin à travers le silence oppressant. Le sol sous leurs pieds semble vibrer avec ces sonorités macabres. Titus, qui surveillait jusque-là les alentours, pivote brusquement vers l'origine du bruit. "Quelque chose arrive...", lâche-t-il, la voix rauque.

La brume épaisse qui enlace les arbres sur le bord de la route commence à se tordre et à onduler, comme agitée par une présence malveillante. Des silhouettes déformées émergent lentement du voile de brouillard, bougeant avec une lenteur torturée. Marc et Titus observent, horrifiés, alors que des dizaines, peut-être des centaines de silhouettes zombifiées avancent, leurs corps délabrés se détachant péniblement contre le paysage désolé.

Devant cette horde infernale, deux figures se distinguent, marchant d'un pas plus assuré - Jon et Lana. Leurs visages, autrefois familiers et amicaux, sont maintenant des masques déformés par une volonté noirâtre.

"En voiture, dépêchez-vous !", crie Marc avec un grand geste de repli, poussant Miranda vers le 4x4.

Titus couvre leurs arrières, dégainant son arme et tirant des coups de semonce pour ralentir l'avancée des zombies. "Marc, fais demi-tour, on doit sortir de là !"

ELLE MORD LES ZOMBIES !

Marc acquiesce, remonte dans le 4x4 et met le moteur en marche. Le véhicule peine un instant sur le gravier avant de trouver sa prise et de démarrer en trombe.

Pendant que Marc conduit, les yeux fixés sur la route qui retourne vers la civilisation, Titus se tourne vers Miranda, posant une main rassurante sur son épaule. "Dites-nous tout, comtesse. Comment tout cela a-t-il commencé ?"

Le vent fouette leurs visages tandis que le 4x4 file à travers le paysage désolé, échappant de justesse à l'horreur qui les poursuit. Miranda prend une profonde inspiration et commence à raconter son histoire, ses mots noyés par le rugissement du moteur et le hurlement des morts-vivants à leur poursuite.

"En voiture, vite !", hurle Marc d'une voix tendue tout en poussant Miranda vers le 4x4 noir garé à la hâte sur cette route à moitié défoncée. La carcasse du véhicule est couverte de poussière et de boue, témoignant des précipitations de ces derniers jours. Les portières claquent violemment sous l'impulsion de leurs mains tremblantes.

Derrière eux, Titus garde une position défensive, son arme lourde dans les mains. Il tire plusieurs coups en l'air, les détonations résonnent dans le silence oppressant, interrompues seulement par les grognements désespérés des zombies qui s'approchent. "Marc, on doit faire demi-tour, maintenant !", crie-t-il en jetant un dernier regard aux créatures à demi décomposées qui gagnent du terrain.

Marc hoche la tête avec gravité, saute derrière le volant et allume le moteur. Le 4x4 grogne, hésite sous le poids de l'angoisse, puis les roues crissent sur le gravier avant de prendre leur élan. Ils démarrent en trombe, laissant derrière eux un nuage de poussière. Mais après quelques mètres le 4x4 cale et refuse de redémarrer.

Ils sont pris au piège et la horde de zombies, menée par Jon et Lana avance inexorablement vers eux.

Bientôt les zombies sont sur eux, à seulement quelques mètres du véhicule 4x4. Le commandant Titus remarque tout de suite que les supposés zombies en ont bien l'apparence avec leurs vêtements tout usés et déchirés. Mais ils ne le sont pas. Ils titubent encore - certains gestes leurs échappent encore, leur donnant l'apparence de marionnettes désarticulées - mais ce sont des gens normaux. Lana n'a pas perdu son temps. Elle a levé une véritable armée pour sa cause : une armée de nouveaux-vivants.

Le ronronnement du moteur du 4x4 s'éteint brutalement, laissant place à un silence oppressant. Marc frappe désespérément le volant, le regard affolé cherchant une solution dans chaque recoin du tableau de bord. Le commandant Titus, le visage tendu par la concentration, sort de son siège et tire Miranda avec lui, la guidant vers l'arrière du véhicule. "Pas de panique, comtesse. On va trouver un moyen de sortir de ce pétrin", dit-il, sa voix étrangement calme malgré la situation désespérée.

Autour d'eux, les silhouettes déformées se rapprochent, leurs membres se balançant de manière désordonnée. Les yeux de Marc se fixent sur Jon et Lana, leurs visages désormais masqués de cruauté. "Putain... ils sortent d'où ? ils ne sont pas comme d'habitude... Que s'est-il passé ?", interroge-t-il, son ton révélant une incrédulité mêlée de panique.

Miranda, cachée derrière Titus, prend une profonde inspiration malgré l'air vicié autour d'eux. "Ils... ils m'ont trahi. Ils étaient après le trésor familial, une relique ancienne... quelque chose de plus précieux qu'ils ne l'ont probablement imaginé. Mais maintenant, ce n'est plus seulement un trésor... c'est une malédiction, et ils l'ont déclenchée en brûlant le palais," explique-t-elle, ses mots entrecoupés de sanglots étouffés. Elle tourne des yeux paniqués vers Titus, espérant y trouver la force de continuer. Marc la regarde d'un air de dire "C'est quoi cette histoire pourrie de trésor ??"

Titus dégaine une nouvelle fois son arme, visant les silhouettes de plus en plus proches. "Arrêtez ! Arrêtez ce cirque immédiatement !", crie-t-il, espérant raisonner ces anciens amis devenus ennemis. Mais leurs rires rauques et cruels résonnent en réponse, serrant encore plus la chape de tension autour de son cœur.

Un cri perçant de Miranda les tire tous les trois de leur moment de stupeur. "C'est trop tard, Titus ! Ils sont ensorcelés par la malédiction du trésor... et ils l'ont déchaîné sur nous tous !", dit-elle en faisant un oui de la tête lorsqu'elle croise le regard de Marc, toujours dubitatif sur cette histoire qui sent l'arnaque.

Avec une grimace déterminée, Titus se retourne et commence à tirer dans la foule de zombies, écartant temporairement la menace la plus proche. "Marc, trouve un moyen de faire redémarrer cette foutue bagnole, ou on est tous bons pour devenir leur prochain repas !", hurle-t-il presque au-dessus du vacarme des détonations.

Marc se penche sur le capot du 4x4, ses gestes rapides et précis, mais chaque seconde qui passe semble rendre l'épreuve plus insoutenable. "Je fais de mon mieux, Titus, mais cette voiture n'est pas construite pour gérer ce genre de...", grogne-t-il, sa voix se coupe lorsque le moteur toussote puis démarre à nouveau. Un soupir de soulagement général se fait entendre, teinté de l'urgence de la situation. "C'est bon, elle repart !", annonce Marc.

D'un mouvement fluide, Titus et Miranda se jettent dans le véhicule. "Démarre !", ordonne Titus tout en gardant son arme braquée sur les silhouettes qui se rapprochent inexorablement.

Le 4x4 bondit en avant, ses pneus patinent et crissent dans l'effort et le véhicule gagne du terrain. Derrière eux, Jon et Lana, menant leur armée zombifiée, continuent de les poursuivre, leurs rires démoniaques résonnant à travers la poussière et les échos de la forêt.

Assis à l'arrière, Miranda tremble de plus belle, ses yeux parcourant la route sinueuse devant eux à la recherche d'un espoir. "Titus, il y a un vieux monastère, pas très loin d'ici... On pourrait s'y réfugier, l'édifice est fortifié et peut tenir face à ces... créatures," souffle-t-elle.

Titus approuve avec un signe de tête rapide. "Marc, direction le monastère, vite !", ordonne-t-il tout en surveillant l'arrière. Les zombies semblent lents mais leur nombre crée une menace constante. Marc observe le commandant Titus qui transpire à grandes gouttes. Il savait que ce n'était pas un grand téméraire. Il ignorait qu'il chiait dans son froc à la première situation un peu sérieuse rencontrée. A la brigade, ses collègues lui avaient souhaité bonne chance quand ils ont appris qu'il ferait équipe avec Titus. Il comprend mieux pourquoi.

Le 4x4 fend la route défoncée, chaque virage pris au risque de la vie de ses occupants. La forêt dense autour d'eux semble se resserrer comme un piège mortel. Les pensées de Titus sont un tourbillon de responsabilités, de loyauté et de terreur. "S'ils ont vraiment déclenché une sorte de malédiction, comment pouvons-nous espérer la contenir ?", pense-t-il, une sueur froide perlant sur son front.

En approchant du monastère, une vieille bâtisse de pierres massives apparaît finalement à travers les arbres. Ses lourdes portes en bois semblent promettre une protection bienvenue. Marc freine brutalement, et ils sautent tous les trois de la voiture, courant vers l'entrée.

Titus donne un coup violent contre la porte en bois massif. "Ouvrez ! Ouvrez, pour l'amour de Dieu !", crie-t-il, l'urgence dans sa voix ne faisant aucun doute.

Un vieux moine, aux yeux plissés par la myopie, ouvre finalement la porte, jetant un regard surpris à cette troupe en détresse. "Que se passe-t-il ?", demande-t-il d'une voix tremblante.

"Nous sommes poursuivis par une horde de... créatures", explique Marc, car Titus n'a plus de souffle pour parler. "Nous avons besoin de refuge, et vite !"

Le moine hoche la tête et les laisse entrer, refermant la porte rapidement derrière eux, soulevant une lourde barre en bois pour sécuriser l'entrée. "Les murs du monastère sont anciens et solides, mais... ce que vous décrivez semble au-delà de la protection d'un simple mur", murmure-t-il, son regard inquisiteur se posant sur Miranda.

ELLE MORD LES ZOMBIES !

Dans l'enceinte sécurisée du monastère, Miranda commence à révéler plus de détails. "Jon et Lana croyaient que le trésor familial leur donnerait richesse et pouvoir. Ils ont brisé des sceaux anciens en leur quête dévorante, libérant cette malédiction millénaire. Maintenant, ils ne sont plus que des pions de cette force maléfique."

Tout le monde se tourne vers les portes barricadées quand un choc assourdissant ébranle la structure. "Les zombies tentent de forcer l'entrée !", crie Marc, l'urgence de la situation gravée sur son visage.

"Nous devons trouver une solution pour inverser ou contenir cette malédiction", dit Titus, sa voix ferme mais désespérée. "Miranda, y a-t-il quelque chose que nous pouvons faire ?"

Miranda, épuisée, plonge dans ses souvenirs. "Le trésor a été créé pour protéger, non pour nuire," commence-t-elle, les yeux rivés au sol. "Si les sceaux ont été brisés, nous devons les reformer, mais cela nécessitera des rituels spécifiques... et le pouvoir réuni de ceux qui étaient là à son origine."

Titus et Marc échangent un regard silencieux et grave. "Donc, nous devons capturer Jon et Lana, les convaincre, et peut-être aussi affronter ce que leur avarice a éveillé," résume Marc d'une voix lourde.

"Exactement," confirme Miranda, ajoutant un élément de terreur presque palpable. "Il y a un ancien autel dans les souterrains du palais... là où tout a commencé. Si nous ne faisons pas vite, cette malédiction se répandra et plus rien ne pourra l'arrêter."

Un grondement terrifiant résonne à travers le monastère, secouant les pierres elles-mêmes. Le visage de Titus se ferme dans une résolution impitoyable. "Bien, alors nous devons les attirer, les capturer, les ramener au palais... et terminer ceci une fois pour toutes."

Alors qu'ils organisent leur stratégie, une silhouette s'approche des fenêtres hautes, fit une pause. Lana, le visage figé dans une expression grotesque de malice, les observe d'en haut. "Vous n'y échapperez pas", murmure-t-elle, sa voix sifflant fort parmi les chants atones des nouveaux-vivants.

La lune monte, baignant le monastère d'une lumière anémique qui révèle les traits exténués et déterminés de ceux qui s'y sont réfugiés. "Dépêchons !", décrète Titus. "Miranda, montre-nous tout ce que nous devons savoir pour briser cette malédiction, et nous finirons cela."

Le temps est compté. Le vieux moine fouille dans les archives poussiéreuses du monastère pour retrouver des écrits anciens susceptibles de les aider. Miranda, rassemblant ses forces malgré la fatigue, explique les étapes compliquées et les incantations nécessaires pour reconstruire les sceaux.

Soudain, une explosion assourdissante résonne à travers le monastère, les portes de bois volent en éclats, et Jon entre, menant son armée des morts. "Montre-vous, lâches ! Acceptez votre destin !", vocifère-t-il, son visage défiguré par une haine incommensurable.

Titus pointe son arme sur Jon, mais Miranda l'arrête. "Non, nous avons besoin de lui en vie pour les rituels," explique-t-elle rapidement.

Tout le monde se prépare pour le combat ultime. Des vieilles armes bénies, trouvées dans les salles du monastère, sont distribuées. Le vieux moine récite des prières, incantations pour fortifier leurs esprits.

La bataille qui s'ensuit est chaotique, une danse macabre entre le bien et le mal.

Marc plisse les yeux et jette un regard sceptique à Miranda, scrutant chaque nervure de son visage en quête d'une quelconque vérité. Son instinct lui hurle que quelque chose ne va pas. Il tourne lentement la tête vers Titus, lequel se débat avec sa propre arme bénie, les mains tremblantes et les yeux écarquillés de peur. Une arme bénie... il est vraiment prêt à gober n'importe quoi le commandant...

"Commandant", murmure Marc, posant sa main sur l'épaule de son supérieur pour attirer son attention. "Cette histoire de malédiction, elle pue, non ?"

Titus, les sourcils froncés, répond d'un ton brusque, comme par automatisme : "Pas le temps de douter, Marc. On doit suivre les instructions de Miranda si on veut avoir une chance de stopper cette horde d'enragés."

Une étrange étincelle d'effroi passe dans les yeux de Marc, mais il se force à rester calme. Il fait un pas vers Miranda, qui feuillette avec frénésie un vieux grimoire que le moine a mis à leur disposition. "Miranda," commence-t-il prudemment, en tâchant de ne pas froisser la comtesse. "Ces rituels... Tu es sûre de ce que tu dis ?"

Miranda lève des yeux fatigués et colériques vers lui. "Marc, je te l'ai dit, tout dépend de ces incantations et de la reconstruction des sceaux," insiste-t-elle, un tremblement perceptible dans sa voix comme pour appuyer l'urgence de sa situation. Mais Marc n'est pas convaincu. Il serre la mâchoire, analysant chaque mot, chaque geste.

"Titus," murmure Marc tout en restant focalisé sur Miranda. "Je pense qu'elle raconte n'importe quoi. Rien de ce qu'elle dit ne fait sens. C'est trop... convenu. Trop facile."

Titus se fige un instant, les sourcils froncés par la réflexion et le doute. "Et si elle dit la vérité ? Nous ne pouvons pas prendre ce risque."

"Ou alors," poursuit Marc, d'un ton décidé, "on se sert d'elle comme monnaie d'échange. Jon et Lana veulent le trésor ? Ils croient qu'elle peut encore leur être utile ? On négocie avec ça."

Miranda lève brusquement la tête, ses yeux se remplissant de panique. "Non! Vous ne pouvez pas faire ça. C'est la seule façon de tous nous sauver !"

Titus regarde Marc et Miranda alternativement, les mains tremblantes sur son arme, l'esprit en tourmente. "Bon sang, Marc, tu veux vraiment parier sur nos vies avec ça ?"

"Oui", répond calmement Marc. "Parce que je ne pense pas qu'elle soit honnête avec nous. Et au pire, ils nous attaqueront quand même, mais au moins, on aura peut-être une chance de négocier", dit-il en regardant Titus. "Vous savez négocier, n'est-ce pas commandant ?", défie-t-il.

Un silence pesant envahit l'espace juste avant que Jon et ses adeptes ne forcent leur chemin à travers la salle, leurs pas lourds et désarticulés résonnant sinistrement.

Titus ferme les yeux une seconde, puis acquiesce. "D'accord. On tente ça."

"Miranda", dit Marc plus fermement, la tirant par l'épaule. "Tu vas venir avec nous. Et tu vas être très sage."

La comtesse Miranda ouvre la bouche pour protester, mais l'expression dure de Marc la réduit au silence.

D'une voix plus forte, Marc s'adresse à Jon : "Hé, Jon ! Lana ! Si vous voulez récupérer votre précieuse comtesse, on va discuter."

Jon et Lana s'avancent, leurs visages tordus par une sombre satisfaction. Les zombies ralentissent leur marche sinistre, formant un cercle serré autour d'eux. "Discuter, hein ?" railla Jon. "Et pourquoi diable devrais-je m'encombrer de palabres alors que je peux vous dégommer en un claquement de doigt ?"

Marc pousse Miranda en avant. "Elle est la clef de ce foutu trésor et de toute cette histoire de malédiction. Vous brisez encore plus ces foutus sceaux, vous déchaînez des horreurs que même vous ne voulez pas affronter. Alors, parlons."

Jon échange un regard rusé avec Lana, qui incline légèrement la tête, ses yeux flamboyant de malice. "Je vois que la comtesse vous a bien retourné le cerveau...", hurle-t-il dans un éclat de rire sonore, suivi par celui de Lana et qui se propage à toute la horde de nouveaux-vivants autour d'eux.

Ces centaines de rires incessants autour d'eux donnent des frissons de peur à Miranda qui se sent démasquée. Mirand bondit sur Titus, lui prend son arme et la pointe sur sa tempe, le prenant en otage, serré près d'elle. Les rires autour d'eux s'estompent lentement, se transforment en murmures nerveux. Le silence épais et lourd enveloppe la scène en une chape de plomb, fracturé par quelques sanglots étouffés à l'arrière-plan. Les yeux de Miranda brillent d'une raideur froide et désespérée, tandis que ses mains tremblent légèrement sur l'arme qu'elle presse contre la tempe de Titus. Ce dernier, figé de terreur, suinte la sueur à grosses gouttes. Il pleure. Marc le dévisage, complètement perdu devant son commandant qui craque nerveusement devant lui.

Titus essaie de parler, mais sa voix est étranglée par la peur. "Mi-Miranda... calmons-nous, d'accord ?"

Miranda serre les dents, son visage se crispe encore dans une laideur inédite, comme une transformation, qui fait reculer Marc. "Personne ne bouge ! Sinon j'explose sa tête !", menace Miranda, sa respiration est rapide, saccadée, comme si chaque bouffée d'air la rapprochait un peu plus de l'abîme.

"Miranda, écoute. On peut arranger ça, personne n'a besoin de se faire mal", balbutie le commandant Titus, déployant sa meilleure négociation.

"Ferme-la !", hurle Miranda en lui assénant un coup de crosse au visage, ses yeux se plissant de colère. "Personne n'approche, sinon...", crache-t-elle comme un félin pris au piège.

Sans dire un mot, Jon lève lentement la main, ses yeux glacés fixés sur Miranda. Un sourire sinistre se dessine sur ses lèvres alors qu'un grondement sourd parcourt la masse de nouveaux-vivants. D'un mouvement uniforme et presque mécanique, une petite horde avance vers leur cible, leurs yeux encore vides et leurs membres raides trahissant leur état.

Miranda, les mains tremblantes, presse Titus contre elle. Son souffle est court, sa poitrine se soulève violemment à chaque inspiration. Elle jette un regard désespéré autour d'elle. Le grondement des créatures approche, leurs pas lourds résonnant sur le sol poussiéreux.

"Reste là, Titus," murmure-t-elle d'une voix étouffée par la tension.

Titus, les larmes aux yeux, hoche la tête, se collant davantage contre sa protectrice.

Miranda brandit son arme. Son regard parcourt les visages défigurés, tentant de repérer une faiblesse. Elle appuie sur la détente. Une première balle s'élance, frappant l'un des nouveaux-vivants en pleine tête. Il s'effondre lourdement, mais les autres continuent leur avance inexorable.

"Fils de pute...", marmonne Miranda, les mâchoires serrées.

Elle tire encore, et encore. Les corps tombent, mais ils trouvent rapidement des remplaçants. De nouvelles silhouettes se dressent, prêtes à prendre la relève. Miranda secoue la tête pour dégager la sueur qui perle sur son front. Sa respiration se fait encore plus saccadée.

"Jon ! Pourquoi tu fais ça ?", hurle-t-elle, la voix déchirante.

Jon éclate d'un rire rauque, dénué de toute humanité. "Parce que je peux, comtesse."

La voix de Jon envoie des frissons glacés dans le dos de Miranda. Elle tire encore, mais comprend rapidement qu'elle ne pourra pas tenir indéfiniment. Le groupe se rapproche, leurs mâchoires claquantes et leurs mains tendues vers elle.

Titus geint doucement, agrippant Miranda, cherchant un réconfort qu'elle est même incapable de lui promettre.

"Réfléchis, Miranda, réfléchis," pense-t-elle, ses yeux cherchant frénétiquement une issue.

Les créatures sont presque sur elle. Une lueur de détermination brille dans ses yeux. Elle sent l'adrénaline envahir ses veines.

"Toi et moi, on va s'en sortir, Titus," affirme-t-elle, prête à tout pour sauver ses fesses de cette situation trop compliquée à son goût.

Les nouveaux-vivants surgissent de toutes parts. Leurs mains cadavériques agrippent Titus, le tirent brutalement des bras de Miranda. Elle ne peut que pousser un cri d'horreur, ses yeux écarquillés par la terreur. Le commandant Titus, paniqué, se débat, mais ses efforts sont vains. En un instant, ils le démembrent, ses hurlements se taisent dans un clapotis de sang. Marc et le moine s'effondrent peu après, subissant le même sort macabre sous les regards avides des créatures.

ELLE MORD LES ZOMBIES !

Miranda, figée de terreur, les regarde impuissante. Les nouveaux-vivants, comme s'ils obéissaient à une directive silencieuse, la laissent intacte et se regroupent, formant un cercle serré autour d'elle. La tension est palpable. Le bruit de ses propres battements de cœur résonne dans ses oreilles, son souffle est court et saccadé.

Soudain, Jon et Lana ouvrent le cercle des créatures. Ils avancent avec calme, comme s'ils avaient tout leur temps devant eux, leurs visages pourtant marqués par la fatigue. Jon, ses yeux fixés sur Miranda, lance un regard perçant autour de lui, cherchant le moindre mouvement suspect.

"Miranda ! interpelle Jon, sa voix trahissant une urgence contenue. Est-ce que ça va ?"

Miranda tremble violemment, ses yeux mouillés de larmes se fixant sur Jon.

"Je... je crois, oui...", répond-elle d'une voix brisée.

"Pourquoi tout ça ?", demande Lana en avançant près de Miranda, à portée de main.

Miranda marque une pause, pour reprendre son souffle et ses esprits. Elle jette un regard aux corps de Titus, de Marc et du moine, puis elle regarde Jon, intensément.

"Décidément... Tu n'as rien compris, petite idiote", défie-t-elle en enfonçant son regard désespéré dans celui de Lana, coloré d'un vert incandescent, et en tentant de s'agripper à elle pour la frapper.

Devant cette impulsion qui pourrait mal tourner, Jon avance vers la comtesse et, d'une gifle monumentale qui lui retourne le visage sur le côté, l'envoie au sol. "La comtesse a perdu son calme à ce que je vois", plaisante-t-il, pendant que Miranda se relève devant lui avec de grands efforts, titubant plusieurs fois. Avec ses doigts, elle vérifie le sang qui coule sur son menton et dont elle perçoit le goût dans sa bouche.

"Ils ne guérissent que pendant un temps. Ensuite ils deviennent des bêtes incontrôlables qui se retournent contre toi...", révèle Miranda en fixant Lana et en éclatant à son tour de rire, un rire sarcastique teinté de maléfice. "Tu peux me tuer, cela ne changera rien. Par contre si j'étais toi…", continue Miranda en riant à gorge déployée, du sang coulant sur son menton et son cou.

Impassible, Jon se rapproche de la comtesse et lui tire une balle entre les deux yeux. Le corps de Miranda retombe à terre, comme une masse. Il marche quelques pas autour d'elle en la regardant avec intérêt. "Elle était quand même belle, non ?", commente-t-il avec une forme de regret dans la voix.

"Mais qu'est-ce que tu as fait ?", lui demande Lana, complètement désemparée par le geste imprévisible de Jon.

Il sourit. "Je n'aime pas les menaces. Et elle a fait son temps", grogne-t-il à mi-voix, comme pour se justifier de son initiative.

"Tu as entendu ce qu'elle a dit ?", s'écrie Lana, prise d'un début de crise de panique.

"Oui. Je ne suis pas sourd."

"Et toi tu lui tires dessus ? Comme ça ? Sans me demander mon avis ?", crie Lana, en pleine tempête intérieure.

"Elle bluffait. Rien de tout celà ne se produira…", tente de rassurer Jon en approchant de Lana. Il lève la main pour lui caresser les cheveux mais elle le repousse, trop anxieuse.

"Ah oui ? Et comment tu peux en être si sûr ?", crie-t-elle en repoussant la main de Jon une seconde fois.

Les yeux de Lana s'écarquillent, et son souffle se fait plus court, comme si le monde se dérobait sous ses pieds. Jon, lui, reste impassible, mais une lueur d'inquiétude traverse furtivement son regard. Sa mâchoire se serre, comme s'il cherchait une réponse dans le silence pesant qui les entoure.

"Elle bluffait, je te dis", répète Jon d'une voix moins assurée, son regard évitant celui de Lana.

"Et si elle disait la vérité ?", Lana recule de quelques pas, ses mains tremblantes. "Jon, il faut qu'on vérifie ce qu'elle disait sur… sur les nouveaux-vivants… Tu sais, qu'ils deviennent des monstres incontrôlables", marmonne Lana, en dévisageant la horde en cercle autour d'eux avec un nouveau regard, effrayé.

Jon soupire profondément, ses épaules s'affaissent légèrement sous le poids de l'incertitude. Il garde quand même une posture digne. Ses yeux se plissent tandis qu'il se tient immobile, comme s'il s'attendait à quelque chose.

"Tu fais quoi là ?", demande Lana.

"Les centaines que tu as déjà mordus seraient déjà venus demander leur compte, non ?", lâche-t-il comme s'il venait de découvrir une formule magique, le visage éclairé et triomphant.

"Elle n'a pas parlé de délai...", le bloque Lana.

Jon réfléchit encore et s'approche d'elle.

"Lana, regarde-moi. Tu as vu ce que le monde est devenu ? Tu crois vraiment qu'on va s'en sortir comme ça ?", souffle Jon, ses paroles prenant soudain un ton grave, presque mystique. Il approche ses mains du visage de Lana. Elle le regarde et ne résiste pas. Jon lui caresse tendrement les cheveux et ils échangent un baiser intense.

"Vivons l'instant présent. C'est la seule chose dont on soit certains", lui souffle Jon à l'oreille, pendant que la horde autour d'eux se met à applaudir et à siffler pour les remercier et célébrer cette parenthèse hors du temps.

"Mais quand même, t'aurais pu me la laisser...", plaisante Lana, en souriant et en plissant ses grands yeux d'un vert profond.

"Tu voulais mordre ?", murmure Jon, amusé.

Lana avance vers lui jusqu'à sentir son souffle. "Mes pulsions, j'en fais mon affaire. Ce que je veux, c'est sauver ces gens de cette foutue merde de virus ou je ne sais quoi..."

Jon esquisse un sourire. "C'est une noble mission, Lana. Mais je suis persuadé qu'on ne sera jamais assez nombreux pour sauver ce monde. Il est fichu. Tous les cons avec un peu de fric sont déjà sur le coup."

"Ça veut dire quoi, ça ? Tu me caches quelque chose ?"

"Pas vraiment. Je sais seulement que la comtesse avait de nombreux amis bien placés. Elle a sûrement trouvé le moyen de ne pas dépenser un centime pour te trouver et tenter de t'exploiter."

"Tu veux dire que..."

"Ouais. Si j'étais toi, je penserais sérieusement à me planquer", confie Jon en embrassant Lana d'un geste protecteur.

"Et toi ? Tu pensais pouvoir la gruger longtemps en te servant de moi ?", demande-t-elle, en se remémorant sa captivité.

"Tout le monde fait des erreurs d'appréciation. Tu es unique, Lana. Ma mission à moi, aujourd'hui, c'est de te garder en vie. Si tu veux sauver ce monde, alors tu dois vivre."

Lana reste un instant figée, son regard vide. "Il n'y a pas de temps à perdre. On retourne chez la comtesse !"

Jon recule, stupéfait. "Tu es folle ? À l'heure qu'il est, son palais doit déjà être envahi par ceux qui veulent leur retour sur investissement. C'est un piège !"

Lana se tourne vers Jon et lui dit en souriant : "Tout le monde fait des erreurs d'appréciation. Viens !"

FIN

Don't miss out!

Visit the website below and you can sign up to receive emails whenever Paul Toskiam publishes a new book. There's no charge and no obligation.

https://books2read.com/r/B-A-VIVYB-ZHOCF

BOOKS 2 READ

Connecting independent readers to independent writers.

Did you love *Elle mord les Zombies !*? Then you should read *Le bus de la peur*[1] by Paul Toskiam!

[2]

Dans la nuit glaciale d'un 24 décembre, Jane quitte son travail épuisée. Seule dans une zone industrielle déserte, elle attend son bus habituel.

Mais quand il arrive enfin, quelque chose cloche.

Ce trajet de routine va plonger Jane dans un cauchemar poignant où l'ordinaire devient extraordinaire.

Que cache ce mystérieux bus ?

Une chose est sûre : cette veille de Noël, le voyage de Jane prendra un tournant terrifiant dont elle ne sortira pas indemne.

Préparez-vous à une montée d'adrénaline palpitante, où réalité et imagination s'entremêlent. À chaque page, vous serez happé plus profondément dans cette énigme effrayante qui brouille les frontières

---

1. https://books2read.com/u/mg6oov

2. https://books2read.com/u/mg6oov

du possible. Ce thriller psychologique vous tiendra en haleine jusqu'à la dernière ligne, vous faisant douter de tout ce que vous pensiez savoir sur les trajets nocturnes et la magie de Noël.

Dans ce roman, vous découvrirez :

Une atmosphère oppressante qui vous fera frissonnerDes rebondissements inattendus à chaque chapitreUne héroïne ordinaire face à l'extraordinaireUn mystère qui défie l'entendement

Attachez votre ceinture : "**Le Bus de la Peur**" est un voyage qui vous hantera longtemps après la dernière page tournée. Osez monter à bord. Votre perception de la réalité ne sera plus jamais la même.

Procurez-vous votre exemplaire dès maintenant et plongez dans cette nuit de Noël qui tourne au cauchemar !

Also by Paul Toskiam

The Curse of Patosia Bay
Le bus de la peur
The fear bus
Elle mord les Zombies !
She Bites Zombies

About the Author

Discover the captivating universe of PAUL TOSKIAM, the master of the extraordinary infiltrating the ordinary. With a voracious pleasure for turning mundane situations into thrilling adventures, he will make you reevaluate your certainties and completely shake up your perspective.

Forget about traditional patterns because with PAUL TOSKIAM, you will be drawn into extraordinary plots where tension is palpable on every page turned. The heroes and villains are not who you think they are. It's what will drive you crazy, but also what you'll love.

But that's not all, subtle and irresistible humor is one of PAUL TOSKIAM's trademarks. His characters come to life with realism, becoming endearing and unpredictable, adding a unique touch to each story.